想望的地方

林文寶 編著

目次

Contents

寫在前面的話／林文寶　007
幾件事，在兒研所裡發生／洪志明　022
自由與夢想／廖雅蘋　027
那一年……／王文華　032
我這樣和兒童文學結了緣／陳景聰　038
飄過兒文所上空的雲朵／陳秀枝　044
不老的寶刀／范富玲　047
憶讀臺東大學兒文所往事／林美雲　050
五月抒懷／陳瑋玲　059

星光依舊燦爛／陳沛慈 063
最美好的求學歷程／林佑儒 069
歷史，在漂離又聚攏的記憶中……／黃秋芳 072
Wake up!兒文所，喚醒我們童稚的笑臉／戶正&佳秀 085
從那看的見軌道盡頭的日子說起／蔡孟嫻 098
我想寄給大家的信
——回憶臺東兒文所暑期班的美好／李公元 110
二〇〇三年的夏天……／陳麗珠 116
那一年，永遠的那一年……／廖炳焜 124
開門／子魚 128
「一輩子努力的方向」
——兒文所教我的事／施養慧 134
重溫作夢之地：巷弄裡的那間所辦／黃百合 138
在兒文所讀書／鄭丞鈞 141
記得當時／林德姮 148
母土上的燈火，何曾闌珊／原靜敏 158

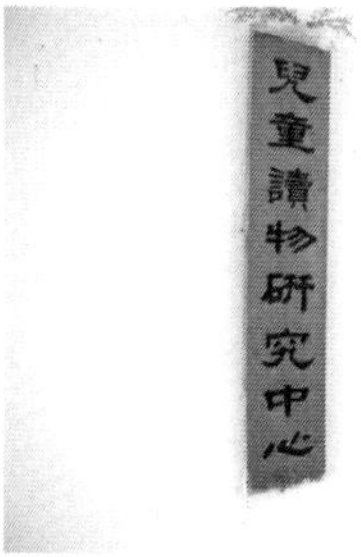

旅程就這麼開始了／岑澎維 164
回首來時路，圓夢此其中／邱各容 171
那些年我待過的林文寶研究室／陳玉珊 175
寶大師的魔法研究室／林哲瑋 179
一個充滿記憶的地方／嚴淑女 194
我的臺東印象／林茵 197
從找幼稚園開始的學習之旅／林茂興、陳靜婷 203
夜色多綺麗／鄭如晴 210
永恆之旅／陳玫靜 214
入寶山不空回／徐錦成 222
寶地記敘／丁君君 229
我在這裡，招自己的魂，超自己的渡／顏志豪 232
無怨的青春／江福祐 241
我與兒文所／盧彥芬 261
感恩的串聯／麥莉 269

寫在前面的話

林文寶

當我知道學校在今年八月，除進修部留在舊校區外，全部搬到知本新校區，於是所謂當年的兒童文學研究所發源地，也就會成為歷史。其間大量的圖書（含家裡的藏書）也就順理成章加以整理打包捐給學校，作為學校完全搬遷，與新圖書館成立的一份微薄的賀禮。

兒童文學研究所舊址，位於臺東校區東北角，比鄰游泳池與女生宿舍，它是師專時期的圖書館，六十五年七月由省政府撥款分三期興建，於六十九年四月落成啟用，稱之為中正圖書館。這是我記憶中東師的圖書館，之前是否有圖書館，真是空白一片。

而後又於學校進門左側，原舊學生活動中心興建五層樓的圖書館，歷時兩年，於八十年十月落成啟用，學校亦於八十年七月改隸國立。

師專時期的中正圖書館，是三層樓的建築，進門後的樓階梯在中間，分左右兩側，左側有地下室。兩側除大型開放空間外，並各有三層的夾層書庫。印象中，七十六年八月起九所師專改制為師院後，圖書館左側一、二層似乎是語教系的教室與圖書室。

八十五年八月十六日，教育部最速件，字號（85）師（二）字第

85515894號。主旨：八十六學年度師範院校申請增設系、所、班案。本校兒童文學研究所奉報行政院核准增設並進行籌備。八月二十六日奉命兼兒文所籌備處召集人。進行有關課程、師資、圖書儀器、設備與場所進行之規劃。

當時舊圖書館於七十六年八月後稱之為語教大樓。八十五年十月二十五日上午十時行政會議通過一、二層與地下室，規劃為兒文所使用之場所。三層為教育研究所。

當時場所規劃如下：

進門左側一樓是為所辦公室，二樓是兒童讀物研究中心。其間充滿著書香，是為研究生的閱讀空間。地下室外間是劇場，內間是研究生研究室。右側一樓會議室，稱為一〇一室，二樓是四十人的教室，為二〇一室，四周皆為書牆。

左側三間夾層書庫，一層是所長室，二層是臺灣與大陸兒童文學研究室，三層是兒讀中心研究員辦公室。右側一層是日本兒童文學研究室，二層是翻譯研究室，三層是兒童哲學研究室。

兒童文學研究所經過長達十次的籌備會議，時間從八十五年九月十九日至八十六年六月十一日。在籌備期間並首開大學系所的各種行銷活動。後來將相關資料編輯成《一所研究所的成立》（一九九七年十月）一書，是為兒文所叢書第一本。並於八十六年五月二十九日公布第一屆碩士生錄取名單：一般生正取十二名，專業在職生正取生三名。六月十六日，計錄取新生十五名全部報到。

當年，我期許能重現宋儒風範與書院之精神。

所謂宋儒，主要指北宋五子：周敦頤、張戴、邵雍、二程兄弟（程顥、程頤）與南宋朱熹。董金裕有《宋儒風範》一書，其附錄〈讀宋元學案附錄看宋儒風範〉一文，認為宋儒志節風範如下：

志學之專，
修身之謹，
事親之孝，
手足之情，
治家之道，
急難之風，
宗族之義，
侍人之誠，
施教之法，
任道之勇，
胞與之懷。（頁一一一至一二三詳見一九七九年十月東大圖書有限公司）

以下再試以詩為證：

月到天心處，風來水面時；
一般清意味，料得少人知。

——邵雍・清夜吟

閒來無事不從容，睡覺東窗日已紅；
萬物靜觀皆自得，四時佳興與人同。
道通天地有形外，思入風雲變態中；
富貴不淫貧賤樂，男兒到此是豪雄。

——程顥・秋日偶成

半畝方塘一鑑開，天光雲影共徘徊；
問渠那得清如許？為有源頭活水來。

——朱熹・觀書有感

宋儒揚棄單一與固執，朝向開放與無執。邵雍臨終時，好友程頤請他留下勉勵後進的話，他默默無語，只把雙手攤於胸前，程氏催促，只好戲謔自己說：「我一生走的都是窄路，窄得連自己都不易立足，又怎能引導別人走什麼呢？」這是何等的坦然與胸襟。於是乎直觀、無間、自得與盡情，似乎就是我們所尋求的如蓮花般的童顏。

宋儒最重講學，但宋初書院雖起，未幾即遭帝王提倡科舉之影響，使士皆鶩於明利，未能長守山林。再加上宋仁宗（慶歷），神宗（熙寧、元豐），以及徽宗（崇寧）之興學，是以官學顯盛，私學式微，故終其北宋之世，書院沉寂長達一百四、五十年，至南宋官學衰敗後，而書院復盛。

南宋最早的書院，要算朱子興復的白鹿洞書院。

書院與官學之間最大不同點，便是在其教學目標之為「教育而非科舉預備的」，自宋以來，書院的教學目標，差不多都以朱子白鹿洞書院學規為標準。所以白鹿洞書院興復告成之後，朱子曾一再以勿事科舉勸勉學生。這種反科舉精神，是朱子興復白鹿洞書院的特點。

官學在南宋晚年，原已衰微。書院自盛興之後，反轉而受書院的同化。

宋儒當時的書院，正是學術、義理、德性、道藝的場域。

因為想重現宋儒風範與書院講學，因此特別重視人與書，在研究所的場域中，處處有書，處處有可以讓人休息的角落，每間的研究室既是教師的研究室，也是上課的地方，更是師生互動的地方。同時每星期三早上三、四節是所的共同時間。不排課，是師生開會或聽講座的時段。

八十八年，同時開始招收夜間部與暑期部，每班二十五名學生。

九十二年，招收博士生。

九十五年，招收臺北假日班，採隔年招生。

今將其開班、教師與主管等流動事實，列表如下：

一、設立過程與員額配置

階段別	學年度	重要事項	師資員額配置
正式成立	86年8月	第一屆招生15名研究生 自86級至100級共計200名碩士生畢業	專任教師4人
在職進修專班	88年7月	暑期班開始招生25名研究生 102年7月招收最後一屆暑期班 自88級至98級共計250名碩士生畢業	專任教師4人
	88年9月	夜間班開始招生25名研究生 98年9月招收最後一屆夜間班 自88級至98級共計177名碩士生畢業	專任教師5人

博士班成立	92年8月	林文寶教授轉任人文學院院長 第三任所長張子樟先生 第一屆3名博士生 自92級至102年度共10名博士生畢業	專任教師5人
臺北學分班	94年3月	開4個科目8學分每班35名學員	專任教師5人
進修在職專班 臺北假日班	95年9月	臺東暑期—臺北假日隔年招生 第一屆招生人數30人 自95級至99級共計71名碩士生畢業	專任教師5人
現階段	102年9月	臺北假日班兩年招生一次，招生名額由學校視師資狀態及招生條件機動調整，目前班級人數為19人。 日間碩班每年招生12人，不含外籍學生1人及大陸交換生1名。 日間博班每年招生員額5人，視考生整體素質決定是否足額錄取。	專任教師7人

二、教師

姓名	職稱	聘期（?年?月-?年?月）	原單位	異動（退休／離職）
林文寶	教授	86年8月-98年1月	語教系	退休
楊茂秀	副教授	86年8月-98年7月	語教系	退休
杜明城	副教授	86年8月-迄今	初教系	現職
劉鳳芯	助理教授	86年8月-90年7月		離職
嚴淑女	研究助理	89年8月-100年1月		離職
游珮芸	副教授	90年8月-迄今		現職
張子樟	教授	92年8月-95年		退休
郭建華	助理教授	94年8月-99年7月		離職
吳玫瑛	副教授	95年8月-99年		離職
黃雅淳	副教授	98年8月-迄今		現職
李其昌	助理教授	99年8月-100年7月		離職
葛容均	助理教授	99年8月-迄今		現職
藍劍虹	助理教授	99年8月-迄今		現職

陳錦忠	教授	102年8月-迄今	美產系	轉任
王友輝	副教授	102年8月-迄今		現職

三、歷任所長

	姓名	任期
1	林文寶	86年8月-89年7月
2	林文寶	89年8月-92年7月
3	張子樟	92年8月-95年7月
4	杜明城	95年8月-98年7月
5	吳玫瑛	98年8月-99年7月
6	杜明城	99年8月-102年7月
7	杜明城	102年8月-103年7月
8	游珮芸	103年8月-迄今

遙想當年，為尋求學有兒童文學專業的海外留學生，幾乎用盡可能的關係，認識了許許多多可能應聘的才俊，惜乎成效不彰，退而借助兼課與短期講學。兼課如早期洪文珍、陳儒修、

張世宗等教授；短期講學，以暑期部為主，國內有許建崑，大陸有：王泉根、梅子涵、方衛平、朱自強、馬力、曹文軒、吳岩等人，還有第一屆駐校作家黃春明。

其間有不斷的學術活動與研討會，發行《兒童文學學刊》，舉辦「臺東大學兒童文學獎」。

可說是盛極一時的兒童文學平台，多少人翻山越嶺，流星趕月，只為曾經有過，或為驚鴻一瞥。我們也曾走過千山萬水，尋覓可能的驚心。

其實，「兒童文學」在東師的發展，要溯及民國六十一學年度，國師科語文組有「兒童文學」課程之開設，即是由我教授。也就是所謂走進兒童文學之路，原非本意，亦非所願，或許是因緣與巧合所致。六十年八月任教東師專。六十一年國師科四年語文組有「兒童文學」課程，當時國語文老師都以古典為主，因此，兒童文學、新文藝及習作捨我其誰？想不到幾經努力，卻發現其中別有洞天，於是一頭栽進而無悔，而我最早的兒童文學論述〈兒童文學製作之理論〉，是刊登六十四年四月《臺東師專學報》第三期。持此，我個人是在六十一年九月開始講授兒童文學。這是臺東師專國師科第一屆。臺東師範學校於五十七年八月改制為師專，開始招收體師科，至五十九年才招收國師科。

因緣巧合我從此走入兒童文學的天地，在東師、在臺灣為兒童文學播種、耕耘，個人除沈潛於兒童文學的研究外，並指導學生創作。在東師專，由早期的《東苑》、《莘耕》到《東師青年》，都有學生創作作品發表，從六十一學年開課到七十九學年（八十年六月）師專時代結束，長達十九年的播種、耕耘，為東師奠定了兒童文學發展的基礎，後來將師專時期學生發表兒童文學創作結集為《鹿鳴溪的故事》一書（一九九二年五月）列為東師語文叢書第四。

七十二年四月，與好友吳當創辦《海洋兒童文學》刊物（七十六年四月出十三期後停刊）。

七十六年改制為師院。兒童文學成為師院生必修課程（體育系、美勞系、音樂系、特教系除外）我兼任語教系主任，因此師資與發展的基礎更為穩固。為強固兒童文學的發展，語教系在我個人的喜好之下，設立兒童讀物圖書室，收集各類兒童圖書出版品，期望為兒童文學的推展，提供較完整的環境。

八十年七月師院由省屬改隸國立。同時間經教育部核准設立「兒童讀物研究中心」，作為推動本校「兒童文學」研究發展據點，以充實兒童文學研究資料及計畫性之專題研究，確立語教系的發展特色。

語教系承辦相關兒童文學的研討會與活動，並發行《專師語文學刊》與《語文叢書》。

當時語教系已隱然成兒童文學教學與研究的重鎮，於是八十五年通過核准設置兒童文學研究所，似乎就是順理成章的事實。

於是乎兒童文學研究的場域，於焉形成。這場域是理想與夢想的桃花源。據說陶淵明的桃花源：

土地平曠，屋舍儼然。有良田、美池、桑、竹之屬，阡陌交通，雞犬相聞。其中往來種作，男女衣著，悉如外人；黃髮、垂髫，並怡然自樂。至今，只有晉太元武陵漁夫見過。而後來雖有人欣然規往，欲不得其門而入。

而兒文所的桃花源，卻是一個人人可見可到的平台。其間曾有人出入其間（學者、作家、畫家、讀者或出版從業者）更有徹夜不眠，高談闊論，狂言狂語的學子。

總之，兒文所的桃花源場域提供了平台，而平台上的時間、地點、空間，以及人物與事件，則是無限的想像世界。這個可能的想像世界，只有曾經在此駐留過的你們，才能有書寫與創造的可能。

九十二年七月卸下所長職，學校改為綜合大學，名為臺東大學，我接任第一任人文學院院長，而人文學院也在九十五年八月搬進到知本新校區。暑期部、夜間部仍在臺東舊址上課。

二〇〇九年一月三十一日，我在院長任內退休。蒙當時蔡典謨校長關愛，新設「國立臺東大學榮譽教授敦聘辦法」，於是我成為校方第一位榮譽教授。

我在新校區有間研究室，又舊校區的兒童文學研究所左側、二樓與夾層仍存放著我大量的圖書，而我的研究室也一直存在著。後來，校方將左側地下室、一層（原所長室夾層）與右側一層夾層撥供永齡希望小學教學研發中心與教學中心使用，而右側二層為理工學院教學用教室。於是兒童文學研究所供我使用的空間，是左側二層與二、三夾層書庫，至於兒童文學研究所的現況如下：

日間部每年招生十二人。（不含外籍生）當年是十八人。

夜間班、暑期班皆已停招。

臺北假日班兩年招生一次，招生人數為十九人。

博士班每年仍招生五人。

今年八月，臺東校區兒童文學研究所行將走進歷史，於是有了〈我們的歷史，我們的記憶〉的召喚：

我們的歷史，我們的記憶

臺東大學臺東校區已確定在今年八月全部搬移至知本校區，而兒文所舊校區也在我的藏書捐贈之後，立下里程碑，正式邁入歷史。這個地方曾有多少兒文所師生的回憶與歡笑，所以希望透過這個機會，紀錄兒文所的歷史與記憶，重溫那個可愛又質樸的以前，拼湊出一個「心」地方。

書寫有關兒文所舊校區的點滴回憶，或者發生的小故事均可。文體不限，字數不超過5000字為準，以word擅打，12級字，新細明體，如有相片相佐更好。作品請於5月31日前寄至litchild@nttu.edu.tw。林文寶。

過去無所謂好或不好：過去只不過是與現在不同。如果我們一味懷舊，或認為現在的世界都比不上過去的好，就將永遠無法處理橫在眼前的問題。過去的世界真的是另一個國度，我們無法回到過去，但是我們可以召喚，可以想像。

在兒童文學路上，個人似乎仍一直在途中，其間或許仍有諸多不被見諒。但就個人而言，但求無愧於人，一路走來，無怨無悔，若有所謂遺憾者有三。

1、二〇〇〇年十月申請「大學學術追求卓越計畫」，這是所謂的五年五百億。雖然進入決審，但仍是擦肩而過。

2、兒童文學資料庫

二〇〇三年通過教育部「輔導新設國立大學健全發展計畫」，以「兒童文學學門為重點研究計畫」，後來學校又投入不少經費，可惜仍未能有成效。

3、兒童文學館原預訂遷校後將臺東舊圖書館改為兒童文學館。然而，事過境遷，物換星移，終究未能成立。

在兒童文學的路上，各種的風風雨雨都有過，也都全力以赴。留下遺憾，以待來者。如今，以有限微小的召喚；留下歷史，留下記憶。又由於來件附有相片者不多，於是全書不用相片，僅以書寫描述可能的想像世界，或許日後再見以相片呼應書寫的想像世界。

於是，我只能說：

當曾經擁有的夢想與理想的桃花源，已然成為歷史。

也因此，我們開始有了傳說，有了故事。

同時，我們又有機會重新再造一座桃花源。

一〇三年六月於舊校區研究室

幾件事，在兒研所裡發生

洪志明

（一）搭飛機上學

聽過有人搭私家轎車上學，也聽過有人搭計程車上學。不過，卻沒有想過有一天，我竟然會搭飛機去上學，而且一搭就將近三年；連我自己都沒有想到，一項視錢如命的我，竟然會那麼凱。

從臺中到臺東，一趟飛機二千多元，來回要花四千多元的台幣，這可不是一筆小數目。然而也不知道為什麼，那時候我竟然肯花這個大錢。大略估計過，就讀研究所其間，機票錢大約就花了三十幾萬。為了讀這個書，真是不計代價。如果那時候拿這個錢，買台積電的股票，現在大概會有完全不一樣的身價吧！

不過，花錢事小；冒著生命的危險才可怕。當時的空安並不怎麼好，國內航線的飛機，三天兩頭就傳來不好的消息，老實說，搭起飛機來還毛毛的。因此，還常常跟所裡的教授開玩笑。

「老師，我不只是花家產來上學，還冒著生命危險來上學，你們得用心把我教好。」

還好，老師不以為忤，而我也沒有枉費老師的調教。

（二）仗著年紀最大，在所裡備受禮遇。

我是研究所第一屆的學生，而且是在職生，也就是說我已經工作一段時間後，才用在職進修的名義來上學。因此，和其他同學比起來，我的年紀自然就大了一大截。即便是和其他的在職生比起來，也不遑多讓；同學差我十幾二十歲是正常。

由於年紀大，因此在所裡總是備受禮遇。偶爾老師需要幫忙倒茶倒水，或是跑跑腿幫忙做些雜事，我總是自動被排除在外；有什麼好事，卻又從來沒漏過我。

從小，我們就知道要尊敬師長。上課前幫老師準備茶水，是天經地義的事。阿寶老師看我做這些事，很不以為然，堅持不讓我做，一定要請別的同學幫忙，我心裡雖然不以為然，以為既然是同學，就應該平等對待，不過卻不敢違背老師的意思，只好遵命。

我以為，我永遠都會是所裡年紀最大的學生，永遠都可以享受這種禮遇。畢竟學生的年紀一屆會比一屆低。誰知，畢業幾年後，竟然還是被一個學弟超越過去了。真沒想到竟然有人比我不服老，一大把年紀了，還去上研究所。看來我這種備受禮遇的地位也只好禮讓了。

（三）穿著沒有那麼重要

所裡經常舉辦兒童文學學術研討會，舉辦研討會時，通常會安排與會的貴賓在公教會館住宿。有一次，我也有論文參與發表，因此也跟大家一起住在公教會館。

那天中午大家用完午餐，我照例留下來看頭看尾。而，阿寶老師也留下來處理相關事務。事務處理完，我要搭老師的車子回學校。由於當天下午，我有論文發表，心想應該穿得整齊一點，才不至於丟大家的臉，因此拜託阿寶老師等我一下，讓我回房間去換一套像樣的衣服。沒想到，阿寶老師竟然說：「人家是在聽你說什麼，又不是要看你穿什麼。」

那天，我就草包一個上場了。

不過，十幾二十年過去了，阿寶老師的話卻一直放在我心裡。它讓我知道「是什麼，比像什麼還重要。」

（四）我的老師比別人多一位

在兒童文學研究所這一段時間，我寫了一個童話，得了一個小獎。那只是一個小小的獎項而已，沒有什麼了不起，不值得在這裡提起。

不過，對我來說，這卻是一個里程碑，它讓我知道要怎麼把幾個小故事串成一氣，變成一個大一點的故事。過去，我都是寫單一情節、單一事件的故事，看起來永遠都很小兒科。我從來都不知道要如何在一篇文章裡，同時呈現過兩個有前後因果關連的故事。而，就是這個童話改變了我，讓我突破了自己的「僵局」。

而，改變我的不是我自己；而是我的同學陳昇群。記得當時，就在截稿的前夕，我拿著草稿請教他，他一眼就指出了我的缺點。他告訴我，必須要用一條線把故事中五個分別獨立的小故事串成一氣。

我琢磨著他的話一改再改。每個禮拜我們在研究所碰面時，我就讓他看我修改後的作品。就在他的指導下，我終於知道要怎麼用一條線，把那些小故事串在一起了。現在想起來，要不是他像老師一樣的指導，我可能還是困在原地！

（五）結語——無眠的夜晚

也許是鬼使神差吧！讓我投入兒童文學的工作。

也許是鬼使神差吧！讓我到兒童文學研究所就讀。

我知道，我的一輩子因為兒童文學而改變。我也知道，我的兒童文學生涯，因為兒童文學研究所而改變。

數十幾年來，因為接觸兒童文學，而使得我的生活更有光彩；它讓我的生命更有活力、更有創意。也因為就讀兒童文學研究所，讓我知道如何換一個眼光看待作品；以及找到更多寫作的方向。

感謝兒童文學研究所的成立，感謝所裡的老師，以及所有互相砥礪的同學，相信研究所一定會為臺灣的兒童文學帶來嶄新而輝煌的一頁。

自由與夢想

廖雅蘋（筆名：亞平）

西元二〇〇〇年，我參加了民生報兒童文學的徵獎活動，那一次，僥倖入選了二項作品。

初次成為兒童文學界的新鮮人，心情是興奮與期待夾雜；典禮上，更是劉姥姥進大觀園，對每一位看過作品的大家，崇敬孺慕。就在頒獎典禮甫結束，一位頭髮花白的老者，著簡單布衣、長褲、涼鞋，如僧般坐定在前方，有人高喊著：「兒文所的同學集合！」一時，風起雲湧，許多剛得獎的得獎者往前集合，談笑自若，如入無人之境。

「天啊，這是什麼團體？」我有些目瞪口呆，但看到他們彼此互動是那麼自然可親，一時間，心情由驚詫轉為嚮往。

隔年，我就成了兒文所暑期三的新生。

後來才知道，那些大聲呼喊者，是暑一暑二的高材生。他們那一喊，也把我喊進來了，自此，我也臣服在阿寶老師麾下，開始了四年的兒文生涯。

第一年上課時，是辛苦的。因為有孕在身，不管是舟車勞頓或是住宿讀書，都比常人倍覺艱辛。

第二年上課，也是辛苦的。因為課程量開始增廣加重，書讀不完，作業寫不完，而，有關論文的種種，八字都還沒一撇。

第三年上課，更是辛苦。身處在前後任所長交接晦暗不明之時，我們心之淒苦，不知如何言說。常常是這頭順了姑意，那頭逆了嫂意；這邊當好人，那邊就得當——「更好的人」。為了周全所務的進行，降低所上氣壓風暴，我們發揮了十八般的武藝——舉凡任何傾聽、撒嬌、哄說、搞笑、排解、勸服等行為，皆是不得不的手段。辛苦不？超辛苦的！比寫論文還辛苦！學弟妹都不知我們這層夾心餅是多麼的心力交瘁！（老師啊，都是十幾年前的往事了，一笑置之，不要把我叫去罵吧！）

第四年，就是和論文耳鬢斯磨，至死方休，口考前一夜膽顫心驚，無論如何不能入睡。但所有的苦處，在拿到論文的那一剎那，立馬釋放消融，「苦」昇華為「甜」，長效持久！以至於多年後掀開回憶的扉頁，兒文所的歲月還是溢滿甜美與歡欣。

所上的氣氛相當「自由」，這是至今我所不能忘懷最可貴最難得的氛圍。許是臺東靠海吧，十分鐘的路程就到了海邊，海的寬容、無私、自在、隨興，隨著陣陣海風吹進了所上，在高密度的學習課程中，稀釋了緊張和壓迫；當然更大的原因是所上的老師都很仁慈、和藹，不以「鞭笞」學生為目的，而以「啟發」學生為重任，於是上課、下課、所內、所外、每一次交談都是「課」，每一次聊天吃飯也都是「課」，甚至迎新送舊、夜遊訪友都是更重要且不能不修的「課」。

四年的課中，印象中最緊張的是張老師的「文學理論」課，不知所以然而要說其所以然，瞎掰的功力精進不少；而每回評論文學名家大作更是如臨大敵，越評越感到自己的膚淺和心虛；最難忘的是杜老師的「文學社會學」，旁徵博引，上天入地，聽得我嘿嘿然；尤其是開啟了我在外國文學上的堂奧，一幕「蒼蠅王」震憾至今。阿寶老師的課則是縱橫捭闔於此岸彼岸，似乎是要我們「知已知彼，百戰百勝」；而大陸學者的講課則是耳目一新，突破視野，兒童文學不分國度，看看別人的，想想自己的，更是一門永遠也下不了的「課」。

下課時間則是各自嬉遊。

上山喝茶下海玩水，泡溫泉、溯野溪，看夕陽看日出，吃羊肉爐、牛肉麵、野菜鍋、日本料理、蕭家肉圓、寶桑湯圓、虱目魚粥、美娥海產，還有卑南豬血湯，我每次去每次都吃不到。

好像是在渡假。

其實只是切實實踐「兒童文學」的特性——兒童性、遊戲性罷了！不放開性子玩一玩，哪能捕捉到「兒童文學」的真諦？（這是阿寶老師的名言，我們永遠謹記！）

玩歸玩，交論文時就不能打馬虎眼了。

這是一個關卡，也是一項成績單，四年的挑燈夜戰，案牘勞形，就是為了在這本巨冊中，顯示出所學、所思、所用及所感。且還不能丟老師的臉。字數八萬以上。言之有物。慨成所內典範。所以，大伙兒拚了十足十的力氣，全力以赴。

我自己也被「論文」這怪獸折磨得夜不成眠。在尚未確定題目之前，每每在圖書館裡對著沈沈書海憂心嘆息，到底要寫什麼樣的題目呢？翻書、闔書、翻書、闔書——天可憐見，就在這永無止盡的動作中，一個想法迸出了，我驚喜得如遭「電擊」。（日後終於知道，這就是「靈感」，得靠無數次冥思、研讀，它才會很不甘願的來拜訪。而一旦「靈感」來襲，創作馬上完成一半！）

題目一旦確立，剩下的只是研究和書寫的工作，我很認真的把它完成了。可是論文寫完，整個人卻瀕臨「失重」狀態，我知道腦子裡還有些什麼東西，得把它寫出來才好，於是，我依循論文裡的「研究結果」，參考翻得爛熟的「研究文本」，逆著方向，推寫出一篇少年小說習作來，這篇小說幸運的得了「臺東大學兒童文學獎」佳作，後又出版成書。有了這本書當「最終曲」，至此，我漫長的論文寫作才算真正告一段落。而這樣的思考歷程，深深的影響了我日後的創作。

我學會把一個可以寫的題材反覆推敲、研磨、揣想、改寫，搭配不同的的寫作方式、文字風格，希望它能成為不一樣的作品。也許成績不盡如人意，但總是盡心，盡心的為「兒童文學」這座大花園裡栽下屬於自己風格的花朵，為本土兒童文學創作發聲，這是所上老師殷殷告誡的訓示，我不敢忘。

在入兒文所之前，我是有夢想的，但總感覺那是遙遠的夢。入了兒文所後，這夢想開始拉近，我彷彿可以觸摸到朝它前去的路徑，相信「只要我努力，也許可以……」。多好，人生四十，還有夢想可以希冀，有個目標，可以鞭勵自己。不管難易，「兒文所」奠基了我的實力，拉高我的視野，增強我的信心，我堅定了朝夢想走去的腳步，也許一腳高一腳低，但我知道有個地方像母親似的永遠為我打氣，那裡的海，始終湛藍；天空，萬里無雲。

畢業多年，很開心在一些得獎的場合，我擁有了發言權。不管其中我是講得多麼支支吾吾，哩哩啦啦，詞不達意，最後幾句一定是：「我要感謝臺東兒文所，沒有它，就沒有站在台上的自己……」

肺腑之言。

那一年……

王文華

那一年的暑假，是二〇〇三年，距離現在彷若天寶年間。

那一年春天雨勢頗大，初夏一到，像約好了般，雨停了，朋友家的女兒也恰好出生，於是，命名為雨停，雨停了，我去看看雨停，帶著陳司令和三歲女兒去臺東讀書。

二〇〇三年，日期遙遠，現在回想竟彷如昨日。

同一年，路竹的靖芬姑娘尋路到東大，她要去探訪心裡那男生讀過的學校；臺南的老毛還在當校長，他開著車，載王小胖和翠萍，行經臺東海濱，在太平洋海鮮店喝魚湯……

那年，澎湖的戶正、屏東的國隆，都跟尋自己太太的腳步，先後到了臺東；那年，李盈穎還是一百七十六公分高。

那年呀那年，宜蘭的慧月用毅力，四次大戰終於戰勝兒文所，提著大包小包，她也來了。

那一年，我們來自全台各地，聚在臺東。

兒童文學，是文學的邊緣；臺東，是臺灣地理上的邊陲。這裡是邊緣裡的邊陲，可是我們卻毫不畏懼，以東大兒文所為中心，畫出自己心裡那個無限大的圓。

兒文所，暑期班，第五屆。

那一年，我的身份。

吸引眾多兒文控，肯定不簡單。

仔細一想，其因可循：

這裡的老師很特別，林文寶教授，他的所長一職一做就是六年，他的裝扮在我遇見他的時候永遠是「涼鞋、短褲加背心」，不管陰晴暑雨（不知道他去大陸東北看雪時，是不是還堅持到底？）阿寶老師對學生沒有架子，所以論文指導時，總如太平洋之廣納百川，吸收最多的子弟兵。

聽過阿寶老師最有名的傳奇如下：楊茂秀教授初到東大任教，坐上阿寶老師的車，車子開得頗快，竟然開進了逆向的單行道，楊教授嚇得面無人色：「阿寶，阿寶，你逆向耶。」

阿寶老師斜瞄了他一眼，淡定的說：「啊加係呆東哩～」

壯哉斯言，有一回，阿寶老師心血來潮，邀我們這群一年級的菜鳥去逛臺東，阿寶老師開他的車（天哪，沒有後視鏡），規定我和錢康明、孫永龍坐他車子，後頭跟著全班的車（品君的，老毛的，儷錦的……）。

一排車陣，浩浩蕩蕩駛進臺東市區，快了快了，傳說中的逆向單行道就要上演了。

我等了等，看了看，沒有。阿寶老師那天突然遵守起交通規則了（老師，這裡是臺東，你忘了嗎？），我們七、八輛車在臺東市區彎來彎去，偶爾他把車停下來，指指這裡是米苔目冰，偶爾把車停到對面，說是這裡的紅豆冰很有名，對了，還繞到知本去吃他最常吃的黑松羊肉湯。

車行臺東小小的街道，阿寶老師展現超凡的駕駛技術，那速度應該不超過二十公里，猶如我家鄉大甲媽祖遶境到了東部來。

臺東人很客氣，我們這一長排的車子擋在路上，也沒人按喇叭，一切都像理所當然。

我忍不住問他：「阿寶老師，按哪甘好？」

他斜瞄我一眼：「啊加係呆東哩～」

哈哈哈，聽到這句傳說中名言，比起他的課都還值回票價了。

現在想想，還真過癮。

楊茂秀教授威名赫赫，他的家人在美國，想修他的課，不好意思，只有暑期一開始那三天，那三天你得趕早摸黑，三天修完二學分，然後教授就出國去了。

短短三天的課，濃縮他畢生的精華，我們班有二個戲劇瘋子，一個是錢康明，一個是陳麗珠，楊教授逼我們演戲，大家本來很正經，幸好這兩個戲瘋子帶動全班。說學逗唱是康明的本事，在打鬧成一團的戲裡還能說出道理來的是麗珠的專長，而我，我永遠記得張美蘭被康明逼著扮成壁虎，趴在牆上吐舌頭裝可愛的畫面。

張子樟教授在那年八月接兒文所的所長。

那一年，我懷抱對張所長的景仰如滔滔江水，上他的少年小說，老師總是正經八百的分析與探究，逼著我們爬梳作者字裡行間那極其隱晦的意義。

少年小說不外乎離家，成長與返家的過程。

窗外蟬聲唧唧，下了課，子樟老師脫卻上課的嚴肅，他很照顧人的。

盈穎是全班長最高的女生，一百七十六公分高，老師擔心：「以後嫁給誰呀？」

他也擔心康明：「你搞戲劇，活得下去嗎？」

遇到我，他總說：「還不快去寫稿子呀？」

也許，聽了子樟老師的話，於是，一七六長到一七七，從此定名為一七七了；康明的天性樂觀，一個名字裡，有錢健康又聰明的人，生活能給他什麼威脅呢；而我，就不斷寫稿寫到今天。

那一年，所裡替張老師安排宿舍，離學校有三公里遠，張老師很瀟灑，總是騎著單車上下學，我們到了晚上，常常埋伏在他家門外，賴著他，硬要跟老師進門，聊天說笑看星聽潮，那時，張老師會不期然冒幾句八卦，冷冷的看著我們，等我會意會過來：「原來子樟老師也知道明星最新的外遇呀。」

明城老師學問很好，聽他的課時，我都很心虛，我不懂什麼意識流，什麼印象派，什麼後設解構，什麼前設虛擬；建崑老師來講學二次，他是李潼的好友，李潼走的那一年，他還帶我們讀了李潼遺作，不無感慨的說：「誰能接棒呢？」

接棒的作家當然有，兒文所裡臥虎藏龍，高手如雲呢。

那一年，我常在下課時遇到夏婉雲。她大我一屆，她的名字，我想兒文界裡沒人不知道的吧？在兒文所電腦室常碰到陳沛慈；得九歌首獎的林佑儒住的宿舍在巷底，她那年寫的草莓心事，在全台大熱賣；把暑期班當成日間部念的黃秋芳住她隔壁；廖炳焜和陳景聰喜歡在房裡看武俠小說練武功；第一屆的洪志明和陳昇群，他們的名字更早早印在這裡；後來會以屁屁超人聞名天下的林哲璋，那一年窩臺東在研究國語日報歷史，綁個小馬尾，閒適的過他的小日子。

這群大俠日日踩經的街道，也是我每天必經之地。

從我住的國賓學生宿舍出來，走中華路，豐里橋下是太平溪，橋下有水牛數十隻，有無數的夜鷺和大白鷺棲息，東邊太陽剛起床，照得太平洋波光蕩漾；橋上賣飯糰的妹妹很可愛，過了橋，是小麥，那年頭小麥還有免費續杯的，我騎著單車去上課，先去小麥吃早餐，再續一杯咖啡去上學。

後來，班上同學學我，大家一早進教室，人人都是一杯小麥咖啡。

咖啡香，伴著兒文所裡頭那一排一排的文學鉅著，成了東大暑期班，我最深的記憶。

那一年，我們班的感情真的很好，男生負責大戰彼岸來的方衛平，下了課就拖他去路邊攤吃黑白切；女生招待馬力，陪她看看我們心目中，比大陸大上百倍的太平洋。

我們班都很聽阿寶老師的話，書沒怎麼讀，卻真的把臺東玩到透；颱風把花蓮和屏東的鐵軌都吹垮了，沒關係，我們天天窩在國賓聊天，相約去海灘逐浪，逗永龍那隻變色龍；畢業旅行由康明親自去比價挑選，全班跟他去桂林玩了一趟；戶正和佳秀是澎湖來的神鵰俠侶，我們每回吃飯，戶正最受不了臺東的海鮮不新鮮，真可恨呢，再好的海產，在這位澎湖人口中也都不鮮啦。老毛家種柳丁，他退休時，我們還是每年一聚去騷擾他。

靖芬姑娘只當一年班代，她心裡的那個他到底找著了沒，可一直是我們班的謎。靖芬的笑聲可傳千里，所以大家畢了業，各分東西後，只要她一號召，大家都自動歸隊，彷彿她用笑聲，召喚分散各地的我們，千里來會不嫌遠。

臺東的夏天，天空中繁星點點，心裡頭有些思念……

二〇〇三那一年，我在兒文所。

我這樣和兒童文學結了緣

陳景聰

打從輕狂年少，寫作就是我的興趣之一。剛開始我寫小說，當兵時亂寫了一些古典詩詞，直到而立之年，散文、生活隨筆也發表了一些，寫作對我而言只是隨興的事。成為作家，一直是我遙不可及的夢想之一。

那一年，我的女兒姝文讀幼稚園小班，老愛跟在我屁股後頭。我習慣每天早晨到信箱拿報社寄來的退稿或是稿費通知單，姝文看見我每天開信箱拿東西，便搶著去開信箱拿信。拿出信以後，便問我：

「爸比，這是什麼？」

「是信。」

「為什麼裡面會有信？」女兒好奇的問。

「妳寫信給人家，人家就會寫信給妳。」我指著收件人的姓名解釋：「妳看，這是爸比的信，這是媽咪的信。」

「有沒有我的信？」女兒仰著臉問我，烏黑的眸子流露出天真的渴望。

「沒有！」

「為什麼沒有我的信？」女兒不平地嚷：「你們都有信，我也要信！」

從此，女兒每天就搶在我的前頭去開信箱拿信。

「爸比，有沒有我的信？」女兒遞給我一疊信時，總是熱切地問。

我好想分一張信給她，哄哄她。但是收件人明明不是她，我豈可為了滿足她的願望而欺騙她？

「沒有！」

「為什麼沒有我的信？我也要信！」女兒不滿地抗議，嚷著嚷著，就哭了。

我感覺既無奈又不捨，當下便告訴自己：

「我日後如果有機會到很遠的地方去住一陣子，頭一樁要做的事，就是寫信給女兒，滿足她天真的小小願望。」

後來得知臺東師院的兒童文學研究所暑期班招生，便努力地啃完一堆參考書目，第二年終於如願考取。

在千禧年的一個炎炎夏日，我來到臺東，第一件事便是到書局購買信封信紙和郵票，用注音寫了一封信，寄回去給家中的女兒，送給她一個驚喜，也放下自己長久以來的牽掛。

接下來有什麼生活目標呢？其實我自己也沒有打算。

上課啦！

找到兒童文學研究所，一看它竟然是一棟外觀灰撲撲、暮氣沉沉的老建築，我不禁暗暗叫苦：

「這不是新成立的、臺灣獨一無二的兒童文學研究所，怎會這般老舊呢？」

唉！反正讀研究所，不就是應付學業、寫好論文、拿個碩士文憑，管它那麼多！

想不到一踏入兒文所，卻彷彿走進了嶄新的故事國度，觸目所及盡是從前沒有留意過的童書。

我回想起童年時代，讀過的童書多半是教室裡的中華兒童叢書，長大後雖然從事國小教育的工作，卻不曾關注過童書這塊領域。直到今天，我才見識到臺灣童書的出版竟是如此蓬勃！

第一節課就接觸到創立兒文所的所長林文寶教授，他渾身充滿熱誠幹勁，言談洋溢赤子之心。聽他針對臺灣兒童文學侃侃而談，為研究者與創作者擘劃將來的發展途徑，我這才發覺：原來兒童文學是一塊天寬地闊的領域。

課上到一半，同學們突然發出一陣殺豬般的哀嚎。因為眼前這一位滿頭花白、談笑風生的所長，斷然舉起權力的大刀一揮，開出兩條路：

「要嘛創作，要嘛研究，發表的字數達到標準，才有資格提出論文計劃！」

上過這一堂課，同學們都「皮皮剉」，畢竟大家都還是兒童文學的門外漢，要發表作品談何容易！我自忖雖然寫過一些短篇小說和雜文，創作內容壓根兒和兒童文學扯不上邊。

看來，一切都要從頭開始了！

同學們逼不得已，開始以兒文所為家，認真研讀、探討兒童文學作品。所幸阿寶老師不只是開創了兒童文學研究所，還買來數不清的作品，將所有精彩的童書都擺在隨手可及的地方，把兒文所布置成溫馨舒適的閱讀天堂。

火燒一般的臺東夏日，大家都窩在兒文所吹冷氣，一書在手，或端坐椅子上，或趴臥在塌塌米上，恣意遨遊在想像的童心世界當中。

很快地，我們體會到兒童文學的美好，也很感激阿寶老師為兒文所的付出，私下都稱他是兒文所的「祖師爺」。他開啟了兒童文學的大門，把正在門口徘徊的我們通通趕了進去。

除了祖師爺，楊茂秀老師、張子樟老師、杜明城老師、洪文珍老師和來自大陸的梅子涵、朱自強與方衛平老師，也都為我們打開了一扇窗，引領我們伸出觸角，領會兒童文學各種面向的美妙與感動。

最妙的是那一群天真的同學。雖然大夥兒都有一把年紀了，卻能像孩童般相處在一塊兒，彼此毫無隔閡。私底下或是嬉笑怒罵，或是結伴遨遊；課堂上或是分享心得，或是激烈爭辯，都激盪出不少創作的火花。

同學們多半沒有創作經驗，光是想到碩士論文就頭痛，如今又面對祖師爺強大的壓力，一個個彷彿大難臨頭，再也輕鬆不起來了。

就在班上人心惶惶之際，忽然傳來炳焜大哥得獎的消息。他和大夥兒分享喜悅，請同學大啖披薩，順勢登高一呼，鼓吹同學一起來寫作，積極參與各項兒童文學獎。

炳焜的創作經驗老到，憑著三吋不爛之舌搧起了信心的火爐。同學當下約定從此努力創作，各自將作品拿出來討論。暑假之後，更要積極投稿、參加徵獎，等來年暑假繳出成績單，再貢獻一成獎金作為謝師宴、慶功宴的基金。

暑假期間，在兒文所閱讀的文學作品，或許已經超過從前閱讀量的總和了吧？與老師、同學的相處，更在我的生命中摩擦出了新的火花，引燃了另一盞希望之燈。

我內心隱隱有一股悸動，驅使我的想像力奔放起來，使我覺得：在兒文所除了拿到碩士文憑，我還能多做一些什麼。

於是我開始努力創作童話，投稿、參加各項文學獎。一年下來，竟也如願地繳出了還算亮眼的成績單。

頭一回，我不再覺得當作家是遙不可及的夢想。因為我正走在寫作的路上，這一路上還有老師的指引提攜，同窗的相互扶持，讓我的步伐越走越堅定。

祖師爺為我們安排的學習課程不光是上課，還有聽演講、參加研討會、參訪活動，甚至還到大陸浙江師大與上海師大遊學，與大陸的兒文所師生交流。林林總總的學習活動，使我們兒童文學的眼界越來越開闊。

從兒文所畢業已經十年了。我雖不是一個才高志大的創作者，這十年來卻也沒有一天拋開過文學作品，也從未放棄當作家的夢想。

十年前，每當別人恭維我是「作家」時，總會令我冒出一股自慚形穢的感覺，如同從前李敖大師對那些萬年國代的諷刺：「占著毛坑不拉屎！」

畢竟，自己對寫作是如此散漫疏懶，面對「作家」的高帽子，實在愧不敢當！

可後來，我堅持鴨子划水的精神，在寫作這條長河緩緩前行，總算也出版了一些精彩的童話和小說。再有人恭維我是「作家」時，我總是戲稱自己「占著毛坑，占久了，總算拉出了一些東西。」

因為有阿寶老師，臺東有了兒童文學研究所，而臺灣，從此出現了許許多多兒童文學的有緣人。

飄過兒文所上空的雲朵

陳秀枝（筆名：袖子）

還記得那四年暑假「攜家帶眷」，從中部千里跋涉到東部，跟一群「志士」進駐臺東大學兒文所。每回埋首於書堆很久以後，不得不遠離兒文所，才從兒文所的自習室或是阿寶老師的研究室邁出步伐。抬頭望望，又看到幾朵雲。隨著雲朵飄散，我們散居臺灣各地，繼續發揮阿寶老師的精神——為兒童文學努力再努力。

「你看到的是微笑的雲？還是愁眉不展的憂憂雲？」小女兒從安親班教室衝過來，笑著問我。

「你猜？是微笑的還是憂愁的？」

「資料找到了、問題解決了就會遇到微笑的雲；相反的，就會遇到憂愁的雲。對不對，媽媽？」大女兒還自動幫我解答。

「現在飢腸轆轆，先去吃飯比較重要。小鬼，喜歡吃甚麼，現在殺過去！」

「超快的觔斗雲來了，我們要飄去半畝園吃涼麵了！」

於是，我們從東大校園飄去市區吃麵去。

每回進阿寶老師的研究室，不是要挖寶就是要繳作業、寫論文。翻著研究室裡的一本本的書，恨不能一口氣就看完、消化過了。問阿寶老師，怎麼寫論文，老師輕描淡寫地說：「就抄啊，抄一本叫抄；抄一百本、一千本、一萬本，就不是抄了！」這一句經典名言，深植我心。因此，常在研究室熬到頭昏腦脹，衝出來，看看兒文所上空，有一朵朵彩雲飛過。

兒文所的自習室是我們戰鬥的基地，常跟班上同學窩在這兒。後來，學弟妹陸續加入，暑二的明華和順宏還教我女兒玩電玩，玩得很「high」。我們常窩在那兒，等半畝園的老闆送麵來。（麥莉姐還吃到跟老闆熟到買麵加送大骨湯）

記得有一年暑假邀請東北師大朱自強教授來授課，在阿寶的研究室上一層上課。朱教授說，阿寶老師的研究室藏書豐富，上起課來很方便，一有問題馬上找資料解惑，真好。大家一邊上課一邊討論，感覺蠻好的。大家常到阿寶老師的研究室尋寶，一去就找阿寶老師東聊西聊。老師常在學校出現，以校為家，常在研究室處理公務。一群人東聊西聊，有些問題自然迎刃而解。帶著愉快的心情邁出兒文所，又見一枚微笑的雲飄過。

數不清看見多少雲朵飄過，只記得大家四年的暑假生活歡樂與共。當時租的房子都離兒文所蠻近的，常常夜深了，還賴在兒文所，地下室有宜真巫婆值班，研究室有不同的人駐守，自習室更是滿滿一屋子的人潮洶湧。之後，大家分散各處，只留下滿滿記憶和兒文所。但是，今年兒文所這棟建築也要「打烊」，我們上課生活的場景一一就要消逝了，徒留滿是溫馨的記憶。

別了，我們的兒文所，別了，阿寶老師的研究室。懷念兒文所上空的朵朵雲朵，懷念在那兒共同生活的兒文所人。

不老的寶刀

范富玲

五月十六日清晨，當我搭華航第一班救援專機自越南返抵國門，跟朋友報平安時，朋友說：「你怎麼那樣『帶賽』，去大陸遇到五十年的大雪災，到越南碰上空前的排華暴動。」

是呀！經朋友這麼一提，我才想起多年前的往事。那一年冬天，我跟著阿寶老師和晚我幾屆的兒文所學弟妹們一起到四川參訪。其中有個行程是到九寨溝，當我們在機場喝了「紅景天」準備報到時，航空公司才告訴我們因為雪大，九寨溝的機場封閉。我們只好臨時更改行程到其它海拔較低的滑雪場。剛開始該山的風雪不大，尚可滑雪騎馬，沒想到住了一夜，降雪加劇，車子幾度在路上拋錨，因為輸油的管線凍住了。

後來，我們離開重慶山區，搭船沿著長江一路往下游行進。長江兩岸天色開闊，雖不是艷陽高照，倒也無雨無雪。

長江沿岸風光旖旎，大壩工程壯觀，令人大開眼界。沒想到，我們在下游平原離了船，遊了幾處風光，大雪就已經追上了我們。永遠記得，公安們在路上推著廂型車的身影；永遠記得，大雪漫天鋪地而來，在地面一吋吋的增長，像怪獸一樣吃去了路面。我們的心情指數就像天空的氣溫一樣，逐步下降。公路封了，鐵軌被雪埋了，飛機也感冒請病假了。

適逢大陸的春運，大家都急著返鄉過年，在異地的我們歸台之心尤其急切。我們等了又等，終於等到好消息：雪小了，工人上路鏟雪，鐵路通了。在阿寶老師鎮定的指導下，行程臨時更改，旅行社也排除萬難，搶到了火車票。

當我們推著行李進了火車站，哇！第一次體會到什麼叫做人山人海，什麼叫做萬頭鑽動，什麼叫做「無立錐之地」。候車大廳幾乎可說是沒有一吋地是閒著沒人踩踏的。

行李箱過了安檢，推推擠擠奮戰了半天，終於來到月台。月台上的旅客神色複雜，望著雪地上的鐵軌，既興奮可搭車離去，又緊張火車是否真的會開過來，望著擁擠的月台，心裡更擔心待會兒萬一列車真的準時到來，自己和笨重的行李如何能突圍上車。

盼呀盼，救命列車果然緩緩進站。這時，人群也搔動起來。雖然手中有票，但是那列車容得下月台上滿滿的旅客嗎？每個人都緊張得臉色僵硬，真是人人有希望，個個沒把握。那時那刻，我想起了三十八年大撤退時的逃難電影畫面。而年近七旬的阿寶老師，要如何跟我們這些壯年的學生一起擠上車呢？我們真的不知該如何保護老師。

終於，列車停下來了。這時，人群像瘋了一樣似的，大夥兒拚命往車門擠。陷在人群中的我，毫無自由意志可言，左後側有股力量一直把我往車門推，當我一腳好不容易跨進車門時，卻發現自己的右後方有股巨大的力量，把我往後拉，接著，我看到我的右側有一條人龍企圖超越我，先我入車。但是且慢，我左後方的力量突然加劇，不顧一切的把我往前推……就在左推右拉的僵持中，我和我的行李箱終於上了火車。當我費盡千辛萬苦，好不容易找到我可愛的座位時，一轉頭，看到阿寶老師早已安安穩穩的坐在自己的座位上。我心裡一塊大石落了地，腦海同時卻浮起一句成語：「寶刀未老！」

是呀！我真是擔心太多了，阿寶老師只是比我們早些年來地球報到，可老天爺並未允許他早我們一步老化。

兒文所的開山祖師任重道遠，披荊斬棘開道之人，寶刀焉能鈍老？

每每想起老師在那次大雪災中神態自若的樣貌，心裡就覺十分踏實。一如遊子在外，想起父母的殷殷盼望，內心是那樣的歡喜自在。

去年夏天，偶然機會見到阿寶老師。老師的聲音仍然那樣慈愛，老師的關懷依舊那樣直率，使我開心莫名：能當老師的學生，真是人間最幸福之事。同時我也相信，兒文所的開山祖師寶刀不老，是校友們共同的幸福保證！

憶讀臺東大學兒文所往事

林美雲

同學捎來阿寶老師的公開信：「臺東大學臺東校區已確定在今年八月全部搬移至知本校區，而兒文所舊校區正式邁入歷史。這個地方曾有多少兒文所師生的回憶與歡笑，所以希望透過這個機會，紀錄兒文所的歷史與記憶。」因此，我和同學相約努力來寫：「我們的歷史，我們的記憶」。

事隔十幾年，對於年近花甲的我，讀兒文所的事，時有忽隱忽現的模糊記憶。想當年，我是怎麼進入臺東兒童文學研究所呢？

一九九九年我的老公剛過世，在悲傷、不捨、懷念中，我強忍了下來，只埋頭在認真教學。下課後，緊接著開車直驅臺北市愛國西路，市立師院進修幼兒教育。雖然很累，但是在老師引導以及同學互相切磋下，充實了教學知識，走出了悲痛。

有一天，住家樓下的好友洪老師遞給我一份招生簡章，並說：「臺東離我家太遠了，我如果去上課，老公、小孩有可能會離我更遠，你現在最適合，趕快報名！」

事隔十幾天，我這位熱心的洪老師又來電話：「報名了嗎？」我回他：「英文太難了！」在一頭的聲音有一些激動似的說：「簡章沒看喔！」接著命令說：「現在就填報名表，我幫你投信，快點喔！明天就截止了！」那天，我才真正把簡章拿出來仔細地閱讀，原來不考英文，但是有一項小論文卻難倒我了。我心裡嘀咕著：「我會寫論文就不需去上研究所！」

正想放棄時，電話鈴聲響起：「報名表填好了嗎？明天我叫我先生幫你寄。」我畏畏縮縮的說：「小論文我不會寫。」才說完我家的門鈴響起，洪老師已經在我家門口慌張的站著。這時候已經是晚上十點了，於是她進來用電腦兼電話，幫我向澎湖的博士妹妹請教。折騰半天，終於在深夜兩點，完成那份惱人、要人命的報名表。

報名了！緊接著要準備一個月後的考試。首先我打電話預訂臺東大學附近的旅社，但是都客滿。旅社客滿，第一個念頭是應考的人很多。

接著是根據簡章提示找書，圖書館找遍了都沒有，正想沒書怎麼辦？晚上上師院夜校，同學邀我去地下室文具部買筆，我順口問了店員，他一邊跟別人說話；一邊指著架上的書，我眼光瞄過去，哇！全部應考的書就在那兒。這除了高興外，也想到競爭對手一定很多，不然怎麼書店老闆會把應考的書籍排在一起？

抱著十幾本書上樓，不敢讓同學知道我要考研究所，只因萬一沒考上很丟臉。但是有一項重擔壓在我的肩頭，就是畢業前的話劇公演，我負責編劇兼導演。整個晚上上課不能安寧，淑琴同學看到我的不安，幾番質問才道出實情，下課時，幾位要好同學紛紛幫我拿書回去畫重點。回家只剩四本書，樓下洪老師領了三本，她遞給老公一本書，並下馬威說：「去咖啡店把這本書讀完，畫重點才可以回來吃飯。」果真她先生乖乖聽話，他幫我整理重點，吃過晚餐跟我討論書的內容。剩下一本，則是我松山的好朋友月麗領走了。

上班我不敢告訴同事，所以也沒請過一天假。就利用四個周休二日八個工作天，帶著大家為我整理的資料，一早開車到植物園附近的K書中心。從早上八點到晚上十點，除中午、晚上出來用餐外，很專心的啃書。

應考的前一天，我才找到住的地方。女兒從小就很獨立，小學在國語日報上科學教室的助教老師，就成了她的莫逆之交。他結婚後在臺東教書，家住臺東大學旁邊，於是我很順利解決住的問題。考試前一天，他開車到機場接我並安排我住他的書房。他關照我早點休息，並說：「你背來那麼多的書，還是擺一邊吧！」記得當晚窗外的雨聲「滴滴答答！」夾雜著風聲「栖栖撒撒！」氣象報導有颱風入境，可是我的精神特別好沒有睡意。塌塌米上擺滿十幾本書和筆記，我像地毯搜尋似地把重點抓出來，也試著出題老師會有什麼題目出現，腦筋特別的清楚，一直到一點多鐘才躺平睡著了。

貼心的女主人早餐幫我準備了粽子，一定是祝福我「肯定中。」那兒離學校考場，走路十分鐘就可到，但是這位被女兒暱稱為吳哥哥的他，執意開車送我，免得雨水打濕了我的心情。

從小到大每次大小考試前一定會拉肚子，可是這一次卻出奇的安定。當考卷發下來的時候，以前考試寫名字會抖到不能下筆，這次很平靜的寫下名字。計算時間、看準題目、埋首疾書，一百分鐘的時間，我平均分配給每一個題目。第一節考完大家向監考老師抱怨：題目太長光抄題就寫不完，我自作聰明沒抄寫題目，所以老師宣佈不用抄題時，因此，我又賺到了時間，很從容的發揮每個問題。

考完後，我的小指頭才感覺疼痛，原來我沒停筆，一直寫一直寫……。我有一個習慣，考完試不去討論或對題，所以很輕鬆到附近用了午餐，準備搭下午的飛機回臺北。不料到了機場因颱風，飛機停飛誤了三個小時，心想如果是昨天或今早的班機，豈不是打亂了考生應試的心情。老天爺的安排真讓我心生感動，所以三個小時機場的等候並不覺得辛苦。

放榜的那一天，我忐忑不安握著滑鼠一一查看著榜單，雖然只有二十五名中獎的機會，可是我卻滑了好久。當我看到自己的名字，出現在臺東兒童文學研究所第三屆考生錄取名單時，我獨自抱著電腦大哭。緊接著Email和電話，同學、好友的歡喜祝賀紛紛到來。感謝所有幫助我的長官、親朋、好友，接著就是期待開學，過學生生活。

從前我去過臺東，我覺得它是個好山好水的地方。大學畢業旅行再度旅遊臺東，拜訪了楊茂秀老師。沒想到我考上了兒童文學研究所，將在臺東過三年的暑假學生生活，並將在這個詩情畫意，黃金海岸旁，和一群浪漫的文人，吻著文學的氣息，完成我童年的夢想。

開學前，我搭了七個小時的火車，一路織著前程似錦的美夢，不知不覺到了臺東。到了臺東大學宿舍，首先是看到硬梆梆的床板，於是到街上買了五百塊的床墊，正愁如何扛回去，一台摩托車已經停在外面，老闆囑咐那位騎士把床墊搬上車，要我先回宿舍。不到十分鐘騎士到了，床墊也送到了。他把床墊搬到三樓幫我舖好。更感動的是他帶了一塊乾淨的抹布，幫我的床墊擦乾淨，這個動作讓我更愛上臺東，也喜歡臺東人的純樸熱誠。接著兩三天我因水土不服吃什麼拉什麼，學姊介紹我到學校附近的一家「清粥小菜」用餐，後來竟不藥而癒！從此，我更愛上這裡，家庭主婦料理的清淡飲食，每餐必到。有一次餐後起身付帳，老闆拿了一大袋的釋迦要我拿回宿舍和同學分享，並告訴我回臺北時要我來找她，她一邊說一邊帶我去看樓梯口，指著好幾盒的釋迦：「這些讓妳帶回臺北。」

老闆那麼的熱情，讓我感到受之有愧，因此不敢去打擾。可是又很想吃他們的餐點，因此常常徘迴在餐館附近。有一天竟然被老闆的女兒碰見，把我拉進店裡。老闆娘拿著鏟子一邊揮一邊說：「怎麼不來了！釋迦都快爛掉了！」很快的她要我坐下來吃飯。不一會兒，香噴噴的菜埔蛋、烤香魚、炒青菜還有我最愛的紅番薯稀飯，解除了我一星期來的饞。臨走前又送了我一大箱又重又香的釋迦。從此，三年它成了我家的廚房。畢業十幾年，我的家人和他們一家人成了莫逆之交，經常往來。

我們的祖師爺——阿寶老師亦師亦友，是我們的大玩偶、開心果。他是世界頂級的國寶，除了著作本身，還買了一大棟房子藏書，我們常去參觀、看書、泡茶、借書。他的穿著以及說話很隨和、不拘小節，當你到兒文所看到身穿T恤、短褲、拖鞋、膚色黝黑的壯漢，你會以為是學校的校工呢？其實他是學富五車，堂堂文學家兼教育家。來自臺灣各地的學生，只因有他的教導及生活的照料很快就能適應這裡的生活，畢業後仍常常回來拜訪他，向他請教寫作的問題。

二十五位同學加上去年緩就學的研究生，我們這一班總共有二十八位學生。是來自各地各階層的老師，有中學、小學、幼稚園老師、也有主任、校長、書局店員、作家等等。我是同學中最高齡者，當時五十二歲考上研究所驚動很多人。當我說出以八天的時間準備，大家都認為不可思議，尤其我非中文系出身，對文學毫無概念。起初班上同學以為我很聰明有才華，分組時爭相與我同組，沒想到討論時，才知我是泡沫學生。《女性主義》、《後現代主義》完全聽不懂；打電腦更是有問題，所以我只能當跑腿，倒茶、買便當、倒垃圾等。假日大家出去玩或回家，我一個人躲在圖書館啃書。再分組同學們紛紛離我而去，當我孤零零愣在一邊不知所措時，一隻手從後面拍在我的肩上說：「美雲姊！你可以跟我同組嗎？」然後他遞給我三人名單，上面已經有我的名字，當下我的眼睛濕潤了。「培欽」這個名字我永遠無法忘記，在我的生命裡是救星也是貴人，他不僅在三年的學程亦師亦友陪我同行，每次總是在我有困難時出現。參加優良教師選拔，臨時被提名，沒有他幫我整理資料，我再優秀教學再認真也不可能被看到。在這裡，我要深深一鞠躬，再次向黃培欽致敬！

知名作家黃秋芳是我班上的同學，創作頗多，有她在，班上的氣氛很活絡，真的與有榮焉。她浪漫、優雅的生活享受，是我們汲汲營營討生活的人所不及的。原來當年我的國文老師對我說：「我想培植你成一位女作家。」我很快回他說：「我窮怕了，等我賺到錢再說吧！」那時我的老師回我一句：「賺到錢你就不想寫了！」果真我現在的生活越安逸就越寫不出來。所以成為一位作家不僅要有天分，還要有相當的堅持、勇氣和毅力，秋芳到現在仍勇於做自己，並把她的才華奉獻給下一代孩子，真是了不起！

還有雅蘋是我的室友，當年大腹便便，每星期來回臺中、臺東，真是辛苦。可是她交出來的成績單都很優異，得了很多獎項，畢業後出版了好幾本童書。她常鼓勵我寫作，記得在兒研所就學時，阿寶老師要我寫作投稿，我常推辭說：「畢業後有空再寫。」後來他知道我到日本，鼓勵我把日本圖畫書翻譯給臺灣的小朋友閱讀，我答應了。剛到日本，我先生帶我去日本御茶水女子學校報名。接待我的日本老師跟我年齡差不多，問我來意。我先生將我的需求告訴他：「她想先來學日本語，以後想翻譯日本圖畫書。」老師推著眼鏡，上下打量著對我說：「むつかしね！」很困難的意思。七年過去了，我不但日本語沒學好，還是個寫作的逃兵。前些日子我隨夫出差到日本愛媛縣的金治市，閒來無事到處逛。走到一家很有品味的咖啡店，門窗深鎖、廣告單擠滿信箱，才知歇業已久，抬頭看到招牌還掛著「童夢」的漢文。不禁讓我想起我的童年夢想，是不是跟這家店一樣歇業了，還是另覓他處發展？

我既不像同學各個才華四溢，也沒有完整的學程。每當下課三五成群海邊散步時，同學們高歌一曲一曲的唱著。他們要我唱，我說不會，有同學提議我唱童子軍歌，我說不曾唱過，大家很驚訝地追問：「你的書是怎麼唸的？」我也莞爾說：「五四三讀。」沒錯！我從初中到研究所都是帶職帶薪半工半讀，所以我的指導教授阿寶老師，很擔心我的論文寫不出來畢不了業。以他放任式的指導，對於有文學基礎的同學是讓其自由發揮，可是我就難了。每每提問題他總是一句：「你去寫就對了！」雖然他沒空指導我，但很感謝他很放心的把我交給他的好朋友陳正治老師指導，才得以優異的成績完成一本「王金選閩南語兒歌研究」論文。陳正治老師是臺北市立師院所長、教授兼系主任，但令我肅然起敬的不是他耀人的頭銜，而是他的品格風範。他對學生很盡責任，總是謙虛主動關懷學生的進度；更讓我佩服的是師母對老師的信任及扶持，讓學生自由穿梭在他們的生活間，遇到困難可以隨時提問。

在兒研所讀書，老師都很關心學生，也不藏私的把學問傳給我們。而我們同學間，更是和樂融融。現在回想起老同學，不由得想到好多事。

一開學擔任我們班長的淑娟，做事認真、做人很隨和，人又長得漂亮，所以追求者眾多，最後被聰明有才華的公元娶走。佳秀是我們永遠的班長，畢業後經常舉辦同學會，可惜我因住在日本無法參加。三年前日本東北三一一大地震，同學們紛紛來函關心，令我感動不已！網路上看到王順宏讓媽媽含飴弄孫，真是承歡膝下的好孩子。宛玲浪漫的身影，一直讓我留戀在臺東的黃金海岸揮之不去。凱玲在內湖文德中學任教，我當年的學生嘖嘖稱讚老師好好！石惠如日本迷，不知你來過日本幾趟？韓淑芳愛作夢的女孩，名花有主了嗎？葉瑞霞我們在東大無話不談，當了校長夫人忙得忘了我嗎？林峻堅校長向您致敬，孩子有您真幸福！林德姮小公主上大學了吧！黃英琴幾個孩子的媽媽？湛敏佐氣質非凡，去過你苗栗的家，車子拋錨還記得嗎？陳姿羽孩子應該是上中學了，記得你懷他時，每天寫佛字一萬遍，深信他一定是健康又聰明的孩子。秀英和美華還是常在一起嗎？我女兒說朋友是階段性的交往，我則相信雖不常聯絡但友情常在。所以酈佩玲、李珮琪、李俐思、王淑美、陳雅芬、余嘉凌你們的美麗、親和身影，常駐我心。祝福臺東兒童文學研究所第三屆師生，健康、平安充滿喜悅。

再大的獎項；再多的掌聲，都無法見證有情世界的珍貴。沒有人天生聰明、幸運，而堅韌的生命力來自於家庭、學校以及社會所給予的。幸福乃是天地、父母所賜，所以我很知足並感恩眾生。如果我還有夢想，就像伊索寓言中賣牛奶的小女孩，頂著牛奶桶幻想，但我希望自己不會停下腳步，而是一邊幻想，一邊實踐，讓幻想成真，直到生命終了。

五月抒懷

陳瑋玲

傍晚時分，把晚餐備好放在桌上，匆匆地拎起書包奔向臺東校區，在傍晚的涼風中卸下家庭主婦的角色切換上學生的身份，去追尋那永不願失去的童心。迎面而來常可見滿天變化多端的雲霞，有時像冰淇淋，有時像恐龍、巨鯨……臺東的天空很兒童文學。

五月的校園，芒果樹已經玲瓏高掛，大榕樹下「森森森……」的蟲鳴，籃球場邊菠蘿蜜結滿金球。歡呼聲、笑聲洋溢著整個球場，大學生、高中生在球賽中揮灑汗水，樸實的舊校區充滿了青春活力，置身其中，原本沉重疲憊的心情也跟著輕盈起來。

穿越熱鬧的球場往兒文大樓走來，回憶幾起九十七年進碩士夜間班上課時，這棟樓也是這樣充滿活潑熱絡的氣氛。當時每位老師的研究室都在這棟樓的不同夾層裡，兒讀中心、故事協會也在小小的隔間，總是人來人往、笑語盈耳。

當年我參加了故事媽媽培訓課程、兒童哲學思考——讀書會培訓課程，這些鮮活有趣的課程都在一樓的教室舉辦，擠滿了人，在臺東可說是風行一時的盛會，故事、哲學、思考與閱讀活動風起雲湧。

楊茂秀老師以「演奏故事」提昇了「說故事」的哲學和詩學境

界。楊老師愛用充滿幽默與童趣的方式演奏故事，往往一堂課下來笑痛了大家的肚皮，腦海裡卻湧現嚴肅而令人深思的問題。老師說過一件事，曾經有位媽媽問楊老師：如何教養出像他一樣充滿幽默感又有智慧的孩子呢？全職養三個小男孩的我同樣渴望知道答案，一臉調皮的楊老師模樣認真地回答：「我媽媽很早就死了！」陣陣笑聲在全場爆開。一邊輕輕擦掉眼角笑出的淚，一邊深深自省。之後，重新定調教養孩子的思考態度：面對孩子學習做一個「欣賞者」，「母愛如微風、細雨、暖陽」，給孩子思考、嚐試、犯錯的空間，說一個有趣的故事有時勝過千萬句耳提面命的規訓。

故事媽媽結訓後，對兒文所衷心嚮往，雖然大學畢業已經二十幾年，全職媽媽也當了十幾年，在盧彥芬學姊的激勵下鼓足勇氣報考夜間班。她熱心協助幾位要報考碩班的人共組讀書會，定期到二樓教室研討。考前，彥芬學姊還特別請蘭美幸學姐指導我們資料的收集和準備。放榜時，讀書會成員錄取率近百，終於一償進兒文所的宿願，收到放榜通知單時高興地又叫又跳。

碩一上「圖畫書研究」就在楊老師鋪著榻榻米的研究室裡。第一堂課老師問大家：「如果覺得別人唱的歌不好聽最好的批評方法是什麼？」室內一片沉默。接著老師說：「最好的方法是你自己唱一首歌！」然後老師規定這門課的期末作業：親手完成一本繪本，所有的細節都要包括，並且在期末逐一演奏發表。從前翻閱一本繪本不到幾分鐘，總是用一種輕率而嚴苛的態度品評，經過一學期從選題、寫故事、繪圖、選媒材、分頁、裝訂、修改……才知其中多麼的耗人心血，眼看自己努力一學期出來的作品竟如醜小鴨一般，對曾經接觸過的作家、作品，深深的敬意油然而生。這份感受時時提醒著我，要珍視別人努力的過程，要敬惜別人的作品，特別是面對孩子的時候。

回首過往，除了感謝老師們在學時的教導外，內心著實感謝彥芬學姊，在我裹足不前的當口給我鼓勵、具體的協助，把我領入兒文所，這段溫馨美好的記憶始終珍藏在我的心中。

九十九年碩班畢業離校，很幸運地一〇一年又能進入博士班。這時兒文所已經搬到知本校區，原臺東校區的兒文大樓獨留阿寶老師的研究室、二樓的大教室、兒讀中心，兒讀中心的書也搬到知本去了。一樓所辦變成永齡希望小學的辦公室。再次踏入二樓大教室，景物依然，但是氣氛變了，不復往日的熱鬧，靜謐的空間有著淡淡的離愁。

博一時，每次匆匆從知本校區下了課，天已經微暗，趕緊奔回臺東校區上課，此時中華路總是大塞車，老師為免我們因時間太緊湊餓肚子上課，特別吩咐了志豪先幫我們準備晚餐，又累又餓的我們一踏進教室，桌上已經擺好麵、燙青菜、滷蛋……志豪還不時幫我們變化菜色，真是感動不已。兒文所大家庭共餐、共學的溫馨氣氛依舊在，甜美可愛的學妹玉珊、君君也陪伴我們一起享用、一起上課。志豪、君君、玉珊率真的言語常帶給我們許多的歡樂，和他們在一起，即使在挨老師罵時都可以變得很有趣。

阿寶老師對我們愛之深責之切，罵起人來口沫橫飛，但也把大家當孩子般疼。阿寶老師的研究室不只是書多，零嘴、餅乾、糖果、水果、學長姐的喜餅、各地的茶包……也常常擺了一桌。老師出門回來總習慣帶點好吃的、稀奇的點心或美味的水果給大家吃。一學期總有一兩次花大錢帶大家出門享受美食，大八六九、夫妻肺片、原始部落、羅密歐……都有我們的蹤跡。老師也曾帶全班到星巴克、金菊咖啡店邊喝咖啡邊上課。老師教我們的不只是讀書做學問，也教我們生活，老師常掛嘴邊的名言：「學會學習、學會生活」他可是身體力行地教育著我們。

博一下，老師帶著我們一起修訂《臺灣兒童文學史》，補照片、補資料、比對校勘錯誤，逐段逐句找錯別字，打電話找作家本人求證資料，親自參與才深知一本《臺灣兒童文學史》累積了多少前輩的努力，以前的學長姐接力協助整理的功夫，到我們參與修訂也還未能完善。原以為學期結束時能完工，見到修訂後的《臺灣兒童文學史》出版，然而遺憾的是未能如願。不管如何，這段日子看到阿寶老師退而不休，仍然旺盛的學術熱誠，教人嘆服。在一邊回顧整個臺灣兒童文學史的同時，我一邊也回顧了自己從童年以來的兒童文學閱讀史，這段日子，是我生命史中一段重要的章節。

研究室就要完全撤離了，看老師快速地把書從書櫃掏出來打包，這個曾經是我們兒文所師生逐夢的地方，教室變了樣，望著空蕩蕩的書架、一地的紙箱，湧現莫名的失落和感傷，只希望，只希望，不管環境如何變遷，兒文所仍然能繼續成長茁壯。

星光依舊燦爛

陳沛慈

如果，每個人的心中都需要一座原鄉，一個永遠懷念的地方。相信我心中的原鄉，就是臺東兒文所。

我，一個無論在哪個讀書階段，都是令老師頭疼的學生，從來不是個乖乖牌的學生，總有無數的意見，無數的不滿。胸中燃燒著一團莫名憤怒的火。

然而，心中這團無名的怒火，在臺東兒文所得到安撫，得到理解。火，沒有熄滅、沒有黯淡，反而燒得更加猛烈、更加耀眼，但，那是欣喜若狂、求知若渴的火焰。

我永遠不會忘記，第一年暑假，坐了七個小時的火車，翻山越嶺的來到臺東就讀的第一天。

當穿著短褲、涼鞋的阿寶老師，聽完我們各式各樣、或壯志凌霄、或顧影自憐、或自以為是的自我介紹後。

老師一臉似笑非笑對著全班說：「林加ㄟ郎，都太認真了。來臺東，要先學會玩，再來學讀書啦。」

接著，老師指向我：「那個誰阿，說自己是打不死的蟑螂，誰說蟑螂打不死，多打幾次就會死了。但是，為什麼要被打？或是為什麼要自己打自己？放輕鬆點，甲細呆當ㄟ。」

瞬間，在我彷彿聽見心中的高牆崩落，緊繃的肩膀放下。我想，那瞬間放下的不僅僅是高聳的肩膀，而是長年的自我防衛與對教育體系的抗爭。從此，再遠的路程，再大的風雨，也抵擋不住我往兒文所前進的腳步。

因為上課的時間是暑假，常常有颱風來攪局。好幾次，西部已發布颱風警報，整天狂風大雨，我們卻因為臺東沒有宣布停課，便冒著風雨，一路南下，且走且看，好幾次坐著同學的車，一路涉水而過，看著雨刷被淹死在擋風玻璃上，看著車旁和著泥土的黃流越淹越高。可是，我們的心卻因為越接近臺東而感到雀躍。那間小小的兒文所，有股莫名的魔力，吸引著我們，讓我們捨不得少上一節課，捨不得少一天和老師同學相聚的時光。

兒文所，對我而言，不只是一間研究所，而是一座充滿包容與驚喜的樂園。在那個小小的校園裡，我找到可以遨翔的廣闊天空，也在這裡遇到許多志同道合的好同學。每年暑假，我如同朝聖般，朝著兒文所各個身懷絕技的老師前進。

我的恩師，阿寶老師，總是在課堂上，給予我們最大的包容，允許我們胡言亂語，然後不停地提醒我們，生活比讀書重要，學兒童文學就要先懂得玩樂。在有點龜毛的阿寶老師諄諄教誨、叨叨唸唸下，我們確實每個暑假都玩到樂不思蜀。後來才發現，因為這樣的玩樂，我們的心更貼近兒童，更能領會兒童文學中快樂的精神與要領。

臺東白天的艷陽，一向與我們無關，白天無課時，我們總是舒適地躲在兒文所二樓的塌塌米上，或坐或躺、或閱讀、或談天、或打呼⋯⋯。一切的活動，從午後五點開始。彷彿晝伏夜出的精靈，當艷陽的威力一減，我們這群中年兒童，便開始一天的玩樂時光。

歡樂在兒文所像呼吸般自然，笑容在兒文所隨手可得，驚喜如同楊茂秀老師介紹那座天然泳池裡的海魚，時不時從前後左右，一隻隻冒了出來，惹得大家放聲大笑。

好慶幸在兒文所裡，遇見我的好麻吉——明華，我們組成的「檳榔姐妹花」，不僅會說學逗唱、裝瘋賣傻、更以風情萬種的俠女姿態，打遍天下無敵沙豬男；慶幸能遇見往後稱霸南臺灣的「師奶殺手」炳焜大哥，也因常與他嘴上刀光劍影，得到許多語言上的長進；慶幸遇見南投茶園裡的刺蝟釣手景聰，不僅喝了他許多好棒的茶，也聽了許多他天馬行空的故事，看到他在童話世界裡大展身手；慶幸遇見溫文儒雅的草莓小公主佑儒，她總是坐在一旁，看著我們耍寶搞笑，然後文靜的呵呵呵笑著，她讓我知道，原來文靜的女孩也可以很會寫偵探小說；慶幸遇見帶著一家大小來讀書的華馨和寶山一家子，他們與家人的相處模式，都是我們的榜樣；慶幸遇見學問已經快滿到頭頂，卻還要繼續唸書作學問的敏宜博士；慶幸遇見從澎湖來很會吹笛子的萬全，增加了以後旅遊的大據點；太多太多的慶幸，最慶幸遇見這麼有特色的一班。就因為是大家，所以才能成就我們如此不凡的一班。

夜晚的海風，是坐在海邊吃便當時的配樂。燦爛的星光，是坐在操場上「乎答啦！」的小菜。多少個夏夜，我們的笑語伴著一輪明月從海平面升起，不會忘記那群臨時下海，犧牲形象、赤裸上身的勇士們，對著月光呼喊的畫面；那首〈月亮代表我的心〉多少次，在海風中傳送至遠方，月亮代表的是我們在兒文所裡，那顆幸福溫暖感恩的心。臺東炎熱的夏季，無法阻止我們結夥跳入溫泉池的衝動，當然更不會忘記入池前，先來一桌杯盤狼藉的羊肉爐。金針山、水往上流、金樽、紅葉，上山下海，綠島蘭嶼，我們的足跡從臺東兒文所出發，玩遍了臺東附近的名勝古蹟，探訪了許多私房景點，我們以作為徹底執行阿寶老師教誨，身為玩得最瘋狂的班級為榮。

當然，我們不只會玩。在學習方面，更是認真的不得了。洪文珍老師的少年小說課堂上，我們不只分享閱讀的心得與想法，進而分享從小到大，心中的種種秘密，許多從未說出口的道歉，許多埋藏在心中多年，未曾釋懷的傷痕，在少年小說的課堂上，我們得到了解脫與救贖。常常洪老師和我們一起落淚，一起哽咽的說著一件件往事。那一刻，我們的情感在少年小說的教室裡緊緊擁抱、彼此撫慰。

那位總是來去匆匆、談笑風生的楊茂秀教授，讓我們見識到口若懸河的魅力。我們班口沫橫飛的功力，也許是在那時候得到啟發，以超越老師口才做為本班的課程。於是乎，同學們一見面就開始練習口才，無論是學習狗腿諂媚，還是拿著刀劍互砍。我想也因為這樣的練習，我們班出了好幾位師奶殺手、笑話泰斗與兒文界的優秀講師。

當然，不會忘記那位嚴肅的像棵老樟樹的張子樟老師，剛開始上他的課時，他一臉嚴肅的端坐在講台上，透過掉在鼻樑的眼鏡，盯著我們瞧的模樣，確實把大家嚇得大氣吭也不敢吭一下。畢業後才發現，張老師果真是棵老樹呀，他總是不動聲色，讓我們這群吵鬧不休、不知天高地厚的小鳥，恣意放肆的站在他的肩上嬉鬧，然後偶爾像隨風擺動的老枝幹，發出「呵呵呵…」的笑聲。老師對我們的關愛，如同庇蔭著小鳥的老樹，直到離開後，才懂得懷念樹蔭下的涼爽，與樹葉間傳來的殷殷關照。

兒文所，為我們打開國際觀，除了帶領我們利用寒假到對岸參訪各大學和出版社。更從大陸聘請重量級的教授們來講課。有溫文儒雅的酷評家朱自強老師、感性無比的海派作家梅子涵老師、還有那位名言「這林子大了什麼鳥都有的」方衛平老師。這幾位對岸的教授開啟了我們的視野，而我們也為他們展現了臺東的熱情，邀請他們加入兒文所玩到瘋的行列。

兒文所裡，不僅放了許多的兒童文學的經典作品讓我們隨意翻閱，更鼓勵我們動手為孩子們寫故事，還將我們推薦給各大出版社。記得當年，兒文所和小兵出版社合作，在臺東娜魯灣大飯店，辦了一場轟轟烈烈的新書發表會，熱鬧又風光的將同學們的作品展現在大家面前。我想那個盛大的場面，一定給在場的許多人一個憧憬、一個可及的夢想。所以兒文所，陸續出了好多好多兒童文學界的大作家。

記得在畢業時，我們班以自有的風格，辦了場熱鬧非凡的迎新送舊晚會。在專業住持人筠安的主持下，大家以一貫的嘻嘻哈哈作風，細數了同窗四年的歡樂時光與種種回憶，將心中不捨的情緒化成對兒文所綿綿不絕的愛。

距今，雖然離開兒文所已經十數年，但當時的點點滴滴，依舊在我的生命中閃閃發亮。在兒文所得到的啟發與歡樂，依舊是我處世待人的方向。而那群在兒文所認識的好友，依舊是我生命中最珍惜的夥伴。

每一年，總想找機會回兒文所看看。曾有人問我，回去看什麼？說實在，其實真的沒看什麼。

但是，只要走過那小小的操場，只要看一眼那間大家一起吃便當的電腦室，只要坐在那塊從不缺打呼聲和談笑聲的榻榻米上，只要走進那間老是說「甲細呆當ㄟ」的阿寶老師研究室，我的內心便能產生滿滿的希望與勇氣，讓自己更快樂的在教學與創作中，帶著喜悅走下去。

如今，我們所熟悉的小小兒文所，即將搬到知本大大的校區裡。心中雖然不捨，卻有著更多祝福。

因為無論兒文所到那裡，都會是我心中最重要的地方。

因為無論我身在何處，兒文所給予的一切，就像夏夜裡的滿天星斗，只要一抬起頭，我便能看到，它正靜靜的、帶著微笑地，為我發出燦爛的光芒，讓我充滿喜悅與勇氣，在生命中的每一天。

最美好的求學歷程

林佑儒

一九九八年我剛通過人生最辛苦的考試，求職考試，還好十分順利地通過考試，進入小學任教。進入小學之後，我告訴自己，今後若要再度經歷考試就學的階段，一定要選擇自己有興趣的領域。此時發現臺東大學有兒童文學研究所，而且設有暑期班，對於一向喜愛兒童文學的我來說，實在太有吸引力了。因此在二〇〇〇年買齊所有應考書目，準備資料報考臺東大學兒童文學研究所，幸運之神再度降臨在我身上，我順利考上第二屆暑期班。

再度回到校園當學生，又是讀自己最愛的兒童文學，真的覺得很幸福。有來自全省各地的兒童文學愛好者與創作者當我的同學，還有重量級的兒童文學前輩林文寶老師、張子樟老師、洪文珍老師、楊茂秀老師為我們授課，對我來說，每次暑假的到來，一想到要去臺東上課，心中總是期待又興奮。

對我來說，影響我最大的老師之一，就是大家暱稱「祖師爺」的阿寶老師，阿寶老師教導我們不只是讀兒童文學領域的書籍，而是要大量廣泛的閱讀，我曾經多次參觀過阿寶老師的書房和書庫，阿寶老師甚至十分慷慨地把他的藏書借給我們閱讀。因為如此，在兒童文學所進修的四年，我像一塊海綿一樣，大量地閱讀吸收書中的精彩與浩瀚，也開啟了我的寫作學習路程。

進入兒童文學所，除了遇到很棒的老師們，也有一群十分傑出的同學相伴。大家暱稱「大哥」的廖炳焜，在進入兒研所之前，早就是個得獎無數的兒童文學創作者。他十分幽默，也不吝於與同學分享他的創作心得，還有陳景聰、楊寶山、陳沛慈等，個個都是創作好手。在這樣的環境中，很容易刺激我的創作慾望，也讓我提起筆開始創作兒童文學。在初入創作的歷程中，雖然經歷很多的挫折與困難，但是和一群好同學與好友們，一同討論暢談創作的歷程，十分珍貴而且美好。

二〇〇三年暑假，我完成了碩士論文，也十分幸運地獲得吳濁流文藝獎與九歌文學獎的肯定，最棒的是那一年和同班同學廖炳焜、陳景聰、楊寶山和陳佩萱，一同在小兵出版社出版了童話作品。小兵出版社還因此在我們畢業之前，在臺東舉辦了新書發表會。這對我們來說，應該是畢業之前最棒的盛會了！與敬愛的老師們和同學們，還有兒童文學眾前輩齊聚一堂，充滿歡樂，也覺得十分榮幸。

畢業之後，曾經有一段時間覺得心情悵然若失，因為再也回不去那麼美好的求學時光。然而在臺東大學兒童文學所的點滴記憶，在這幾年之中，不但時時溫暖我的心，也讓我對於創作的路途充滿鬥志與勇氣，謝謝所有老師的鼓勵，謝謝所有同學的相伴，這一段求學歷程，會一直在我的記憶之中，如同珍貴的寶石一般，閃閃發亮。

歷史，在漂離又聚攏的記憶中……

黃秋芳

從無到有，是一段艱難而美麗的開場；從有而無，又是一段美麗而艱難的謝幕。

花開花落，是最自然又最美麗的流光行走。一如林文寶教授在一九九六年孵育出亞洲第一所「兒童文學研究所」後，以獨特的招生模式，小傳、論文，吸納來自不同背景的學養基礎，旋舞出迥異的身世故事；二〇一四年八月，臺東校區遷移至臺東大學知本校區，隨著拆卸的現實舞台而繽紛落下的是，這裡一些些迴廊游影、那裏一點點靜日喧聲，始終不會褪色。

一、心旅程

臺東校區，成為我們跨進兒童文學世界，從無到有的「Never land」。

當阿寶老師透過「寫作召集令」，準備裁製一件美好的「文學衣裳」時，我們的回眸、我們所記得的點點滴滴，都變成柔軟溫潤的薄紗水色，藏在一字一句裡的「記憶」，終將在流光變身成「歷史」

後，重新溫暖我們。

Never age，Never grow up，一場彼得潘樂園的召喚和迴舞，一個永不長大、永不離棄的夢幻島，一種拆解、漂離而又不斷聚攏的永恒島。

這場「Never land」奇幻旅程的登機廣播，從一九九九年接到黃玉蘭想要購買《穿上文學的翅膀》的陌生電話開始。那是我在完成十三本散文、小說、採訪、傳記、詩詞賞析等不同的文字嘗試後，第一本兒童作文教學省思，出版於一九九〇年，為創作坊初登場「表述」。第一次把舊傳統的「起承轉合」轉換成「背景、細節、變化、結論」的新語言；第一次揭示內容、結構和修辭這作文的三把鑰匙；只在國語日報作文教室發行；配插畫的廖福彬，還沒啟用後來轟動圖文界的「幾米」做筆名。

這不起眼的一點點微光，在臺灣遙遠的東部後山，居然有一位我不認識的神秘所長林文寶，在一所我沒聽過的「兒童文學研究所」裡，向學生推薦這本小書？

真的很好奇，這個所、這位所長，究竟用甚麼樣的高度在勘察？用甚麼樣的廣度在收納？用甚麼樣的深度在經營？用甚麼樣的密度在檢視？這所有的好奇，讓我逡巡在奇幻機場，終於，忍不住打電話到兒童文學研究所，所長親自接電話，隔著中央山脈，熱情地召喚：「來念兒文所嘛！你很適合，你可以用『知名作家』身分申請保送。」

「我不想保送，我喜歡考試。」這個回答，應該很怪吧？後來我才發現，這位創所所長，徹頭徹尾也是個怪人，所以一點都不以為怪，光是高效率回答：「我去買報考簡章寄給你。對了，應考書目，全部都可以在網站上查到。」

隔天，我收到他快遞的研究所報考簡章和考試書目。「快遞」耶！多強烈的性格展演，充分嶄露出篳路藍縷的創所決心，為了吸引人才、創造可能，像神秘飛行的空中廣播，熱烈的邀約，正對我加速催促：「Welcome Aboard!」

然而，我遺失了登機證。考試前，父親剛出院，我把他接到身邊，二十四小時照看。讀書像生活的奢侈品，總是在生活的必然消耗中，輕易被擠出「心願清單」。

一直到二〇〇〇年，停下經營十年的創作坊，快節奏的生活密度，一下子放慢了速率，整理雜物時翻到舊簡章，彷如穿透「時光結界」，恍兮惚兮，又聽到兒童文學的聲聲呼喚。

時隔十三年，重新在電腦的老檔案裡，找出這篇報考兒文所的小傳〈空瓶子〉。隨著舊時日的一字一句，真切感受到自己如何清空了負擔，像彼得潘，褪下無所不在的社會價值和規範，迎向嶄新的「心旅程」，重新飛翔。

二、二〇〇一年，空瓶子

二〇〇〇年夏日，停下創作坊在中壢固定的教室，停止了大部分寫作、採訪、廣播、演講、教學、研習、社團……各種時間上的分割，放下從二十幾歲開始牽纏十年的層層羈絆，學生、作業、教材……。

時間變得十分豪奢，姪女兒借給我三十幾本瓊瑤小說，在一兩個星期之間，一口氣看完。放著一箱又一箱還沒拆開的打包行囊，擱著心情和空間上應該重新整理的秩序，放掉從小到大一向相信著的「修身齊家治國平天下」各種標準，跟著瓊瑤的愛情故事，一早就看得淚眼汪汪，吃睡草草，可是，有一種從來沒有過的墮落放縱，讓人沒原由地覺得幸福。

看完瓊瑤的愛情小說，迷上唱KTV。一個人，不休歇地，把整本歌本裡關於瓊瑤改編的電影、電視劇裡的主題曲、插曲，反覆唱得很開心。

然後，買光碟機，開始不分日夜地沈迷日劇。許許多多重要的聚會都第一次缺席，朋友們問起原因，完全沒有任何愧疚或遮掩。十二集日劇八片VCD，兩天到三天看完，幾個月間看了六十幾部，家庭倫理青春喜劇浪漫愛情技術專業懸疑推理……，沒有範圍，不花腦筋不負責任不必一定要達到任何目標或期待。姪女兒常常笑說：「四姑，你看的日劇，都沒有挑到重點。」

忽然發現，看日劇也不是為了「挑重點」來和年輕的學生、侄兒們嘻笑討論比較。光是沒有負擔地，呼吸，感覺到自由。徹骨透心地體會到，沒有負擔，讓身體裡的每一個細胞，舒服地鬆開、鬆開……，浮游在空氣裡，飽滿極了，慢慢地，和天一樣高，和雲一樣輕，和葉子一樣在翻滾，和水平線一樣遙遙遠遠……。

此時此刻的我，終於有機會發現，每一次看我的學生，躺在教室的原木地板上，什麼都不想，當他們丟開書包、枕著手、對著我傻笑回答不出任何一個問題時，其實是他們的幸福。

人生真的不是一個又一個的問題和答案。人生也不是計畫；不是輸和贏；不是日曆行程表上一格又一格的行程或活動。

忽然發現，四十歲可以跨進另外一種軌道生活，真的很棒！

二十歲以前，讀書，才藝競賽，考試，獎狀……，傷心和快樂都在一方小小的池子裡。台大四年，最深刻的記憶埋在「義務張老師中心」工作和在「山地服務隊」的日子裡。曾經在臺東海端鄉霧鹿國小教書的那時候的我，無能而渺小，原住民孩子在平地受到任何傷害來投奔傾訴，我都無能為力，那些痛楚的記憶，一直一直都在，總希望自己還可以做些什麼。

好像很怕自己停頓下來，需要為誰、為什麼並不確知的「受苦的弱勢」做更多更多。

學生階段結束後，人世間種種，有那麼多那麼多稀奇新鮮在蠱惑我，中研院研究助理、出版編輯，採訪記者、廣告文案……，兩年間從這個工作流浪到那個工作，終於決定，棄甲曳兵，不再貼「上班族」的標籤了。

想想，如果沒有公司、沒有同事，我要做什麼？幾年間寫小說，做廣播，自己提計畫專題採訪……，出書，宣傳，演講，然後又丟下一切，到日本流盪近一年，進日語學校，流動在不同的地域喝咖啡、交朋友、看節目、寫東西，小說、採訪、讀書報告、古典文學……，看遍日本最繁華的花、最用心的經營、最精緻的文化。

終於，二十八歲回到臺灣，落腳在中壢，安安份份地，種在「黃秋芳創作坊」的土壤裡。教兒童作文，辦讀書會，做桃園採訪記錄，經營研習營隊，籌辦大型親子活動……。在三十歲到四十歲這一段一般人正忙著結婚、生子、貸款購屋、應酬、升職……的昏暗歲月裡，我卻兀自興高采烈地，在創作坊忙碌著、快樂著，當然也公平地同時以「十年」、「十年」做單位迅速老去。

生命氣力在重複十年的日子裡一點一滴耗去。應該讓自己多點變化了吧？決定退租中壢地區那八十坪的活動空間，許許多多習慣以「創作坊」為活動據點的學生朋友都覺得捨不得，然則，生命仍然以我們不能計畫、不能挽留的速度往前滾去。

而我們並不知道我們將滾往哪裡去？「企劃」、「執行」了一輩子的我，終於空下來，什麼也不想「企劃」，什麼也不想「執行」，像一個空瓶子，靜靜等待著，生命的任何安排。

我相信任何安排，都是一種幸福。只要我們真摯勇敢地，向前走去。

三、新活水

回頭重讀二〇〇一年的這篇小傳，忍不住驚嘆，文字有自己的靈魂，寬厚扎實地擴散於天地之間。

寫下這些文字時，很難想像，我真的一無恐懼，勇敢地向前走去。還記得，赴考前預訂了「臺東原住民會館」，考前一天，大部分的考生都早早入住，準備好好複習或休息，我卻在不斷接到電話通知，已經超過房間保留時限時，一方面苦苦哀求一定會入住；一方面還租了車，沿著臺東海邊，只要看到漂亮的海景，就厚起臉皮闖進去問：「有沒有房間要出租？」

遇到一位超級好心的阿婆十分不捨地問：「唉唷！怎麼這麼可憐，這麼晚了還沒有地方住？如果不嫌棄，我們家可以清一個房間，給你住一個晚上。」

「不是啦！我要找暑期長住兩個月的房間。」這樣輾轉辛勞，還是空手而回。深夜入住會館，櫃台人員責問我去了哪裡？我囁囁嚅嚅陳述著找房子的不順遂。他一愣，驚嘆：「唉呀！你要先Check in，讓我們教你怎麼找房子。否則，人生地不熟，怎麼開始？」

「可是，還沒考試耶！沒等到放榜，就先找房子，別人不會覺得怪怪的嗎？」我一說，他反而笑了：「對噢！你這樣不是太急了？」

急嗎？走過創作坊第一個十年，清空了自己。從一九九九年到二〇〇一年，這一段兒童文學的飛行召喚，在記憶裡，銘印得這樣綿長，彷彿迷失在模糊地圖，在舊生活即將收尾時，迷離的新人生，盤旋在「很近的遠方」，溯洄從之，道阻且長，溯游從之，宛在水中央……

同樣流動在文學世界裡，讀書、寫字，忽然都變成脫拍荒詭的「異鄉人」。不認得幾個兒童文學作家、沒讀過幾本童書，尤其在論文研討會現場，只能躲在小導遊林德姮身後，聽她仔細導覽，這個人是誰、那本書有甚麼重要性？彷彿外星人把血液抽換，光剩下一個遲疑猶豫的空殼子。

這時，大魔法師阿寶，以一種迥異於我能想像的神秘造型大駕光臨。汗T、短褲、涼鞋，外加書包，神采奕奕，揮舞著魔法棒，重組著我的學習背景：「你開過漫畫屋，對不對？你那本以漫畫屋經營為主軸的中篇小說《九個指頭》，可以引進兒童文學，寫一些青少年次文化論述；還有啊！兒童作文教學，也可以轉換成教學和閱讀策略思索。」

這就是大魔法師的「禪宗教學法」！簡單的一、兩句話，常常花了我好幾年的漫長時日去摸索、琢磨。研究所那四年，我在臺東大學、靜宜大學、清華大學和明新科技大學的學術論文研討會，以及我一直非常喜歡閱讀的《兒童文學學刊》，發表過通俗文化論述〈讓漫畫豐富青少年文學〉、〈從奈知未佐子的童話漫畫談文化傳遞〉、〈從遊戲化社會談文學創作教育〉；教學試探〈在「教」與「學」中共享兒童文學樂趣〉、〈從十三首詩談親近陳秀喜的兒童閱讀策略〉。

當我在臺東海邊沉溺武俠小說時，他讓我在《國文天地》發表〈黃易從歷史真實跨向武俠虛構〉；看我在聊起魔幻寫實的光燄，他促成我從馬奎斯和麥克・安迪談〈在「小說」與「童話」邊緣——從「小說童話」看「兒童」與「成人」兩大文學板塊相互靠近〉。

最重要的是，魔法師發現我長期關注臺灣文學，像摩西從蒼茫紅海中劈開前行的方向，他為我指出：「從臺灣本土小說中找一找，和兒童文學有甚麼關係？」

發表〈拓展少年小說的臺灣風情〉後，我深深敬重的趙天儀先生，肯定這是第一篇讓「臺灣文學」和「兒童文學」牽手的小論文。我就這樣帶著開心和忐忑，逐步完成〈陳瑞璧的臺灣書寫〉、〈從劉靜娟的生活書寫尋找兒童散文活水〉、〈臺灣兒童文學研究的侷限與出路〉、〈從意識形態看臺灣少年小說的原住民形象〉、〈鍾肇政在民間故事改寫中構築生命版圖〉、〈從缺憾中試探吳濁流的烈性與深情〉這些論文，慢慢感覺自己的舊血液裡，湧動著新活水，終至於完成二十萬字碩論《兒童文學的遊戲性》，這時，更是深切感謝魔法師阿寶，他不會改造任何一個人，只是慎重地陪伴著每一個學生，在「原來的自己」裡，發現、並且雕塑出「更好的自己」。

當我站在講台上，無數次，希望自己也能夠，讓每個孩子都有機會，遇見「更好」。那是從神奇「Never land」回到現實人間時，最美的回眸。

四、小水花

那些時，脫離常軌，住在都蘭海邊。沒有課的時候，開著寶藍小寶貝，流動在臺東海岸的天涯海角。只有在有課的日子，吃過午餐，塞在鋪著原木地板的圖畫書閱讀區兀自沉迷，那是個只有身在兒文所才知道究竟多炫亮的世界。

上課時，阿寶老師親自督造的圓弧型研究室討論桌，如一場奇幻繁複的嘉年華盛宴。還有那隱微如「學術幽墳」的二〇一書庫研究室，總讓我聯想起《風之影》、《隱字書》、《偷書賊》、《吸墨鬼》……這些穿走在文字長廊上的美麗微光。在那裡，翻了好多以前沒有想像過的書，認識了很多以讀書為志業的人，尤其是堪稱「阿寶門派大師兄」的徐錦成，彷彿藏在每一本精緻玄秘的遺忘書裡，必然配置的「守門人」，帶著點歲月的魔法，當迷途於書架高牆時，他總是輕易就把我需要的書抽出來。

慢慢熟悉了兒童文學的呼吸聲息後，兒文所幾年間，慢慢推掉地方政府的評審和演講，辛苦追逐著兒童文學模糊而又充滿熱情掙扎的前行腳印。埋在老師的「古墓山莊」，讀著一年又一年各種不同名目的兒童文學獎作品；也謝謝中原國小創校校長鄧振添，委託誠品童書部為圖書館規畫一整座精緻童書城，我在那裡，讀完一整套九歌少兒小說，窺見臺灣寫手的創作窗口，還和林德姮、蔡孟嫺一起在最忙碌又最多強颱的暑假，冒著風雨，從臺東趕到中壢，為中原國小老師們，經營一個「不是為了教學、純粹為了個人感動」的兒童文學研習營。

畢業後，日子漸行漸遠，記憶難免都變薄變淡。許許多多偶然浮起的碎片，再不是沉重的學習負擔，以及「不負今生」的使命與期許，反而是師生間掙脫「主幹道」後，緩緩流動著的支流交會，微光淡淡，鮮色晶瑩。

桌上有水痕時，我想起阿寶老師規定我們在研究室上課，一定要用杯墊；有人過生日，我想起阿寶生日，不斷催促我們快吃蛋糕，因為他要倒垃圾；看到任何包裝小盒子，我想起他收藏的各色各樣童話般的小盒子，一時興起，他就玩得不亦樂乎。

看到天燈、水岸，我想起康樂股長任內主辦的專題小講座和美麗迷離的「月光海詩歌會」。在臺東森林公園出海口活水湖堤岸上，兩岸師生相聚，遠眺太平洋，讀詩、唱歌，賞玩著文學小典故，延伸、接續，像「文化接龍」，還放了兩個天燈，一起許願時，大陸籍教授方衛平問我：「臺灣學生都玩得這麼有深度嗎？」我笑說：「我們算是比較差的，臺北更厲害！」

許建崑老師玩得太開心了，竟然把火把高舉起來，高調裝扮出「自由女神」的光榮姿態，蠟油滴了下來，一時也不覺痛，整張手背上的皮膚，竟撕下半截，嚇得一整晚的「文藝片」都變成「驚悚片」，大家擠進「馬偕醫院」，陪著他，慌慌然不知如何是好？此時想起，真覺得那夜的收尾，如此劇力萬鈞。

有時，看到我的福斯Golf小寶貝，我想起暑三的讀書會，在臺北的阿寶家聚會；在臺中，竣堅熱情的往返接送和食宿招待；在我的陽光山林小屋過夜，還有菀玲提供的餐廳級精緻外燴「小提琴麵包」。當大家一本正經為讀書會「正名」時，每個人爭相提名，我提議「小寶貝讀書會」。孟嫻立刻說出大家的心聲：「噁心！怎麼想也知道那是一台車子。」

「不是我的愛車啦！我們都在阿寶門下，每個人都有機會，變成小寶或小貝。」我還在耐性解釋，哈哈！大魔法師已經忍不住跳出來發聲：「亂講！」

我們「亂講」的時間可多著呢！任何時候任何人提到「小強」，我都會想起圍在阿寶老師和吳老師身邊時讓大家做的心理測驗：「看到蟑螂時，你會怎麼做？」

有人嚷著要避開、閃開；有人尖叫、求援；有人提出各種必殺絕技；竟也有人無動於衷，讓讓就好。阿寶說：「我都把牠吃掉！真的，在鄉下我們甚麼都吃。」

「我們對待蟑螂的態度，就是對待情人的方法。」當我公布答案時，大家大笑，人人忍不住回看吳老師，她淺噙著笑，「吃掉情人」的愛，當真非同小可！只有阿寶似笑非笑，眼睛一瞪：「亂講，亂講！」

還有在畢業後，大家一起為二〇〇五年創作坊重新出發的「慶賀文學會」，孟嫻和德姮精心挑選的層層圖畫書，書牆上大家一起簽名致贈的長長一列童話；當阿寶在桃園文化局演講時，桃竹苗區同學們大聚餐，我趁早把帳單藏起我的椅墊下，直到結帳時才發現，我在匆忙中收起的是Menu，真正的帳單，被敏佐「搶先」截走了。阿寶嘆了口氣：「秋芳就是這樣！熱心有餘，辦事糊里糊塗。」

《床母娘的寶貝》出版時，阿寶說：「那個熱情盎然又糊里糊塗的珠珠，停留在文字裡，成為床母娘。」當我的學生、夥伴，以及中晚期相識相熟的朋友把我對應成「王母娘娘」時，只有在老師眼中，我永遠是那個糊塗「珠珠」。

就是這麼些點點滴滴記憶的小水花，讓我們在花開花落、流光走遠、歷史現實終究凋零拆卸之後，仍然看得見迴廊游影，仍然聽得到靜日喧聲。

我們的臺東記憶，從嚴謹的論述，慢慢都變成淺淺的短詩。

只要小小的水花打了個漩，那永不長大、永不離棄的召喚，瞬間就迴旋成反覆拆解、漂離，而又不斷聚攏的「Never land」。

Wake up!
兒文所，喚醒我們童稚的笑臉

戶正&佳秀

寫在前面

踩點繳交！阿寶老師做事一直很有效率，也不喜歡學生拖拖拉拉，但之前一直無法動筆，主要是對兒文所的回憶太美、情摯太深，如同立在櫻花瓣片片飄落的林間，我無法過於用力，但輕輕地伸出雙手捧取，僅僅只能是一簇風華。

搔頭想想，也罷，也許未來還有機會補足對兒文所的思念呢，何況，有這麼多文友同時在抒發對兒文所舊大樓的情感點滴，寫得不好，無需介懷！

關於作者

戶正&佳秀，澎湖人，兒文所學生的夫妻檔，文學是他們共同的愛好。

二〇〇一年七月，鍾情兒童文學的佳秀先朝夢想出發，成為兒文所暑期部第三屆的學生，由於喜歡這裡，在第二年約了熱衷讀小說的戶正一同前來，可當時戶正的目標在鄉土文化。〇三年一月，戶正參加了大陸遊學的家屬團，重新喚醒骨子裡對文學的熱情，在那年酷暑，順利報到第五屆，而同時也推著佳秀幸運地走向兒文所的高材生。（此指年資高，前後總共讀了六個暑假）

究竟，這兩個人對兒文所有什麼想法？對阿寶老師又有什麼想說的話呢？

學弟閃邊，學姐先

（呵呵，其實，學姐是很低調的，不過既然學弟這麼禮讓，學姐就順應一下。）

始終覺得，讀兒文所是幸運，它不僅是我人生的轉捩點，也是我青春歲月份量極重的美好印記。

二〇〇一年，我懷抱著對兒童文學的熱忱來到了東海岸，我的視野從島嶼星羅棋布的臺灣海峽，移轉到了蔚藍且一望無際的太平洋。還記得第一次負笈求學的路途，我跟隨著萬全學長的腳步，提著大包小包的行李，飛機、火車、公車……，上上下下十餘趟，當時簡直把我給累壞了，好不容易抵達宿舍，發覺房間還被安排在沒有電梯的五樓，當時的心情您能體會嗎？有沒有人性啊？連吶喊也無力。

暑一的我還在摸索，多少有些壓力與不適應，暑二，決定不再舊事重演，我換了種方式前往後山—搭機。有一回，因為班機延誤，時間壓迫得緊，我匆忙下機衝往臺北機場的櫃臺劃位，再迅速登機，但直到上機就定位才發現，原來，和方才乘坐的根本是同一輛，搞什麼飛機呢？連空姐都是同一批。其中一位空姐輕聲問我：妳剛剛是不是從馬公來？是啊，我對自己莞爾一笑，突然釋懷，放輕鬆點吧，我，不過是投入另一個家的懷抱。

戶正來之後，身上的疲累更是一年年煙消雲散，他們班實在太活潑、太搞笑，經常在課堂上逗得一向正經嚴肅的子樟老師笑得成了包子臉，一旁的我，笑呵呵之餘，不得不抱拳作揖，心生敬佩。漸漸的，我愛上了臺東，愛上了兒文所，每一年，我就這樣期待著暑假與兒文所的約會。

與阿寶老師的二三事

我們夫妻都同意，兒文所最讓人難忘的是人，阿寶老師、子樟老師、建崑老師、杜老師、茂秀老師……都是很有特點，對學生相當關心的好老師；上下幾屆的學長學姐、學弟學妹，才華洋溢，風格迥異，遇到投緣的，言歡交心，承諾，就是一輩子。

對於敬愛的子樟老師，已有專文（見老師的作品《細讀的滋味・青少年文學賞析》附錄）。這回，既是阿寶老師邀稿，就說說和阿寶老師的二三事。阿寶老師很特別，他不一味要我們研究，而是要我們先懂得生活；他不喜歡我們繃緊弦過度認真，更不喜歡笨學生（哈，這三個字有戳中我）；他的穿著自在隨性，和我家老公如出一轍，我懂，這種人內心強大而自信，才不在乎別人怎麼看、怎麼說；每當老公閒聊時胡言亂語，老師就會笑著安慰我：這種人你放心，只會嘴巴說說而已。

而最令我感動的是老師挺大器，他沒甚麼分別心。我是一個很平凡的學生，平凡得不能再平凡。暑四畢業，老師知道我還會回來當伴讀，擔心我以後沒地方住，就說可以住他的藏書閣。熟悉阿寶老師的人都知道，他有一棟房子，專門拿來藏書，唔―老師竟然願意把整棟書屋讓我住，我何德何能啊？雖然後來我沒去（怎好意思啊？）但這句話還是印進了我的心坎裡。另外一件，是我上博班之後的事，上博班後，有一回和老師碰上了，老師知道我在攻讀語文教育，對我說：「我有很多語文方面的書，可以寄一箱給你。」一箱？我愣住了，口拙的我也不知如何回應，雖然最後直到畢了業，我都沒向老師開過口，但心裡對這份關心還是相當感動。我說老師，您可別說當時只是隨口說說，否則您將犯了一條罪――欺騙無知少女的感情，懂嗎？呵呵！

杜老師很能聊書，有一年暑假他因為計畫出國和我們調了課，可以一連上好幾個小時，我的心裡不斷嘀咕：老師，您不累嗎？下個課吧，喝個水吧，但，他依然是以文人雅士之姿，和我們聊著文學社會學的種種。阿寶老師則是很愛看書，不管去到哪一個城市，就是往書店跑，他看書的速度也奇快，算是嗅覺敏銳的雜食性動物，甚麼都可以咀嚼一番。他不框住自己，所有新的、奇怪的、有特點的，都可以是他的獵物，口頭上不說教，但以身作則的演示著：寬容、不偏執。

到兒文所讀書，我自然上過阿寶老師的課（因為是必修），但卻沒有聽他說過太多話，他上課的模式是學生報告比較多，所以二〇〇三年，兒文所的教授們到澎湖演講時，我心裡還琢磨，阿寶老師會演講嗎？他都會說些什麼呀？（哈哈，看到這句話，老師大概會癟嘴瞪我一下），沒想到他真的會演講耶，而且還講得挺精彩，那大概是我聽他說話說最多的一次。

老師對學生也是很關心的，會和我們介紹好吃的，會邀大家到家裡去坐坐。東部的夏天颱風多，但讀書的那幾年，颱風沒太大影響，有一回，還讓我們碰上了三十七度高溫的焚風，那在宿舍熱醒的一幕，直到現在都還記憶猶新。面對颱風，老師經常是一副別大驚小怪的模樣，但真放颱風假時，他一定會到所裡來尋尋晃晃，然後探聽一下誰沒回家，招呼著還待在學校的學生一起去吃飯。我想，老師是把兒文所的孩子也當成是自家孩子吧。特別像我們這些從離島來的孩子，放了假，同學做鳥獸散，有人關心著我們，還是覺得一顆心，暖烘烘的。

促成兩岸兒童文學交流

在兒文所求學期間，所裡從對岸請來了不少重量級人物，來自東北的朱自強教授、瀋陽的馬力教授、上海的梅子涵教授、浙江的方衛平教授還有北京的曹文軒老師……，都成了客座教授，或剛或柔，在那個伴著蟬鳴的季節，為我們認真賣力地做精闢的立論。所裡常舉辦的華文世界兒童文學研討會，也開拓著我們的視野，來自亞洲各地的兒童文學前輩，彼此交流激盪，我們後輩學生，就是在一旁純粹當個觀眾，也覺得好戲連連。

阿寶老師對兩岸兒童文學的交流特別重視，那些年，老師常在寒假開一門大陸遊學的課。○三年一月，我們第一次前往東北遊學，這對我們愛玩的年輕人來說，自然是一件興奮的事。老師也不畏寒冷，特別希望我們先到哈爾濱感受一下雪鄉的氛圍。寫到這，我想，就讓回憶說說話吧，我尋找了一下當時的作業——

1月21日
飛人與天后
本日航班

08：00AM—09：15AM高雄～香港
11：15AM—14：25AM香港～北京
19：00PM—20：40PM北京～哈爾濱

看了以上的班機時刻表，不用我說，聰明的你一定非常清楚，這一天，我們幾乎是當了一整天的空中飛人，也幾乎當了一整天的超級天后。飛人的意思你明白，免不了要在空中飛來飛去，而天后呢？便是整天在機場等候啦！

當超級天「后」的滋味可不好受，能做些什麼呢？聊天、閒晃，然後得到一個不會有太多爭議的結論—機場賣的東西真貴！於是，東西看是看了，也只能眨巴眨巴著乾瞪眼。

阿寶老師又在座位看書了，真想去說一句：「老師，好無聊喔，借一本書來看看好不好？」不過，瞧他看得那麼專心，還是別去吵他好了，萬一他回你一句：「猴囝仔，一本冊攏毋帶哦？」當場不就三條線，然後只好搔搔頭，一臉無辜的解釋：「啊⋯，我是想⋯這個大陸賣書比較便宜，所以讓行李箱空一點來放新書啦！」

說完你還得快快跑，否則他笑一笑，送你一記衛生眼，你可躲不掉。⋯⋯

我們一共和阿寶老師出門兩次，一次是戶正陪我去，一次，我成了他的家屬，巧合的是，兩趟的行程都是哈爾濱—瀋陽—北京，只不過，學習的內容不一樣。這幾年自己帶畢業班很清楚，帶學生出門是件很累人的事，但阿寶老師他願意。當時兩岸直航還不普遍，臺北往哈爾濱不過約三個半小時的航程，在當時候機轉機就得耗去一整天。出發當天我們天還沒亮就到高雄機場，晚上抵達哈爾濱都已經晚上九點，早出晚歸，但老師也不言累；從哈爾濱到瀋陽，搭車得六個鐘頭，坐得我們年輕人腰都快閃了，屁股都疼了，但老師也情願。他就是單純地希望我們難得到東北，值得去哈爾濱看看冰雕、賞賞雪，如果他不是替我們著想，大可不必這麼累。那一趟，阿寶老師病了，我們心裡多有歉疚，雖然沒事的時候他大多待在房裡，但他始終撐著，陪著我們，吳老師也是，一直是溫柔的、淡雅的，不疾不徐的。

遊學遊學，要遊也得學，學習的課程安排充實精彩，在瀋陽的期間，除了我們學生做報告外，還有當時東北師大的朱自強教授和瀋陽師大馬力教授指導的研究生做報告，針對兩岸的童話作品做剖析與交流；除教授外，遼寧作家協會也邀請了薛濤、車培晶……等當地作家及《文學少年》的編輯與我們進行一場座談，會場搞得很熱鬧，連媒體、報社記者都來了。聽著他們從不同角度談幻想小說、談幽默文學，東北的作家們很有使命感，發言時慷慨激昂。來到第三站北京，除了去中國少兒出版社，更安排一場座談會，會中，曹文軒、金波、孫幼軍、張之路、樊發稼、葛競、李玲、湯銳、楊鵬……等我們耳熟能詳的作家就在眼前，我們可以就心中對創作的疑問面對面向作家們請益，多麼難得的機會！會後，曹文軒老師撥空帶我們去逛書店，談談他的想法與觀點。說實話，當時我們還小，無論是創作或人生經驗的積累都不深（現在好像也是），和老師的境界是不一般的，但這樣的一場活動吧，總是一顆種子，你不會清楚，它哪一天會發芽，但它終究是生了根，是豐富我們創作生命的引領與養分。

這一趟短期遊學到大陸，我可好學了，錄了整整十個卡帶的錄音，所有座談會的紀錄都在交作業時整理成了文字檔。阿寶老師讚許我很認真，說給了我一個他沒打過的高分，你們猜猜是幾分？其實當時，老師知道有家人陪我來，曾對我說：「參加家屬團去大連吧。」我說：「不行，我可是來上課的呢！」雖然我嘴裡這麼說，但心裡想：老師真好，還會顧慮到我們家人的感受。他一直是這樣，每次上課上著上著，總會和我們大家說：帶家人一起來，沒關係。於是，兒文所一直有一種家的感覺，兒文所的每一個學生讀書也可以有家人的陪伴，不必單打獨鬥，這一點我們總是感到特別特別幸福，於是……

我來了戶正

和兒文所的緣份，該從東北之旅說起吧！

那一次的旅行，我看到了中國大陸的壯闊山河，綿延不絕的山脈，彷彿永遠不會有走到盡頭的一天，白靄的天地，似乎正在告訴我臺灣之外的天地是多麼的廣闊。參加這一趟旅行，算是很意外的一件事。因妻子正就讀的研究所辦理兩岸兒童文學交流，可以攜帶眷屬同行，而我就是那個幸運的眷屬了。

本以為這是一段枯燥無奈的旅行，我們這些家屬必須跟著團體行動，去聽課、參加研討會、到東北師大跟他們交流；卻沒想到，原來帶隊的老師早就知會旅行社，幫我們這些家屬團們另外安排行程。

在這期間，我白天和領隊導遊到處領略東北大陸的壯闊，晚上和妻子分享彼此的收穫。漸漸的，和其他團員熟稔後，發現大家都是第一次來到東北這個陌生的土地，而且都是被另一半邀請來的。我們這一群人也就愈來愈像一家人了，不論是吃飯、參觀、購物，彼此都會互相提醒、等待和幫忙；原以為這是我們的特有性質，造就了如此的氣氛，等到我那一年五月，同樣考上兒文所後才知道，這是兒文所最引以為傲的一點——「不管你來自何方，不管你是什麼性格，來到了兒文所，你就會把這裡當成你另一個家。」記得當時會興起報考兒文所的念頭，也是因為這一份家的感動。

二〇〇三年夏天，我來到了位於臺東市中心的兒文所，走入所辦的第一眼，看到的不是急促的學子步伐，反倒是三三兩兩互道關懷的久別之意，彷彿這不是一個追逐功名的學府，而是一處眾人心底構築的家。

在兒文所的四個暑假，認識了許多人，看了許多事，有情如兄弟的同寢好友、有煮酒論風雪的忘年之交、更有同舟共濟相互扶持的同班同學；阿寶老師的淡然物外，子樟老師的大俠風骨，還有建崑老師的真性情。這一切，交織出兒文所最燦爛的一幕風景。

這是一個家，是一個所有兒文人的家。

好，在囉唆的學姐之後（沒辦法，請原諒她念了六年），學弟也報告完畢。最後，來個小小問答做結尾吧！

小專欄Q＆A

聊一聊，兒文所的哪一個場景最令你難忘？

正：我的腦海馬上浮現一個畫面──那是一個六坪大小的房間，四周用書櫃圍成一個半開放空間，地板用榻榻米疊合，榻榻米上放置著兩張矮方桌，桌旁各有坐墊數個；書架上，大多是阿寶老師提供的書籍，沒有繁重的教條文字，有的是奇思妙想的精彩佳作。我常在完成各項作業後，穿著藍白拖，走上旋轉樓梯，赤腳踏上這一充滿書香的秘地。或躺或坐，斜倚半臥，什麼姿態都可，只要輕鬆悠然，便是最合於此處的規矩。眼中看的，是無盡翰海；鼻裡聞的，是蘭草餘香；身體感受的，是最放鬆的徜徉。

秀：我特別喜歡一樓樓梯邊的塗鴉牆，有時會隨興塗個鴉，也喜歡站在那兒，欣賞人才濟濟的兒文所伙伴帶來的畫，很有童趣。

覺得最奇怪的事：

正：所長一天到晚穿涼鞋、穿短褲。

秀：有一首兒文所之歌，但從沒聽人唱，你會嗎？＊

最想對兒文所說的話：

正：不管過多久，這裡還會是我們的家。

秀：謝謝。每個人的靈魂裡都住著一個孩子，是兒文所開闊了我的視野、喚醒了我們童稚的笑臉，更讓我收穫了一群亦狂亦俠亦溫文的好友，彌足珍貴。讀兒文所，可以說是我人生中第二個正確的決定。（老公說嫁給他是最正確的決定，所以只好屈就兒文所排第二。呵呵，做鬼臉）

＊附註：

兒文所之歌

我們收集童稚笑臉／釀造千古詩篇／我們研讀中外佳構／創造理論經典／

文章事小／兒童年幼／卻是人世未來／竟是千載事業／
我們將逐一點亮／兒童笑臉／我們將重新彩繪／文學人間／我們將樹立典範／千年萬年

從那看的見軌道盡頭的日子說起

蔡孟嫻

要怎麼跟你說呢！屬於那一段奇妙的日子！

來到太平洋的懷抱

二〇〇一年的初夏，搭乘自強號火車坐六個小時來到臺東，為的是參加兒童文學研究所的碩士班入學考試，約莫一個月，榜單上有我的名字，從此我的人生有很大的轉捩點，然而，當時自己並不知道。只是那時利用難得的放假，特地來東部考試，還在考試後，在臺東車站附近遊蕩閒逛，還特地去月台邊，因為這站是最後一站，所以我想看鐵軌的盡頭是什麼？[1]

七月勝夏，我逃離臺北地下室冷氣房的童書店工作，要到臺東開啟我兩個月的暑假讀書生活，但火車抵達的卻是一個嶄新的車站～

[1] 由於南迴線通車後運量大增，而站區腹地不足，車輛調度不易及產業結構改變等因素，二〇〇一年裁撤新站和舊站間的連線，臺東舊站正式廢站走入歷史，臺東新站從此改稱臺東站，臺東舊火車站也從此不再具有交通運輸功能。

「臺東新站」，位於偏僻人少的地方，還好一出車站，就有藍色屋頂的鼎東客運等候著我們，那時我還不知道為何火車，不開到原本那個熱鬧的臺東車站呢？

打開兒童文學的大門

提著行李，從舊的火車站步行到中華路上的臺東大學，經過大門，網球場，再穿過游泳池，依指示牌轉彎進入到這一棟三層樓的建築物，門口的左側木匾，黑色的「兒童文學研究所」幾個大字，就這樣，我走進了這座兒童文學的殿堂。

雖然每年只有短短兩個月的暑假班，但還是要找尋住宿的地方，當時有學姊跟我說可以去所辦，不管什麼事都可以有人幫忙，在她的口中，兒文所彷彿就是一個家的感覺。果真，一進門有一位臉黑黑的阿姨和我打招呼，原來她是所上工友阿姨，後來沒多久在閱讀桌看到一個也是膚色黑黑的阿伯在和學生聊天，這位阿伯穿短褲涼鞋而且非常親切，聊天幾句，問清我的來歷後，說可以借我腳踏車先去找住處，而且還願意開車載我去舊車站領摩托車，我心裡想：「這裡真的像家一樣耶！學姊說的沒錯！」

見到大人物

好吧！我真的是被臺東的天氣熱昏了，所以覺得這裡的每個人那麼熱情是理所當然的，當學生稱呼那位阿伯～「阿寶老師」，我才知道原來他是一位教授，心中馬上對自己錯誤的判斷羞愧，自己真是有眼不識泰山啊！

不過，隔天同學都來報到後，第一位來和我們上課的就是阿寶老師，原來這位阿伯不只是教授而且還是……「研究所所長」，天啊！那是我認識第一位完全沒有架子的大人物，日後對阿寶老師認識越多，從老師得到感動越多，學到的也更多。

與愛麗絲的小兔子喝下午茶

記得剛入兒文所，就像小一新生般興奮，書店同事還特地買一個黃色帆布小學生書包給我，這書包除了裝滿大家的祝福，還裝有一張新的課表及課堂用書。新生一年級，買了一堆新書，見到久仰大名的老師，還有很多的新同學及學長姊，這麼多的新鮮事物，讓我目不暇給。

說到兒文所的空間，實在怪的很可愛，據說這建築的前身曾經是師專時代的圖書館，還曾經是語文教育學系的系所，所以空間有點像一間間的藏書閣，建築本身左右對稱，中間一座大器的左右洗石子雙樓梯，而在三層樓加地下室的主建築外，還在樓層間都有隔層，主樓層都是公共區域，有辦公室、閱覽區、兒讀中心、大教室、二〇一教室等，這每一個空間的共同特色是都擺滿了書，讓你走到哪都有書可以看。

再到每個夾層的教授研究室，更讓人大為觀止，阿寶老師的藏書萬般百種，各類都有；楊茂秀老師的研究室帶你進入神秘的圖畫書世界；杜明城老師的藏書讓人彷彿接受西洋文學洗禮；游珮芸老師可以帶你從蠟筆小新認識到窗道雄。這一個個的研究室，小巧可愛，每個都充滿了老師的藏書、專長領域書籍及個人風格，彷彿就是老師修練功夫的密室，而我們何其有幸，常能與老師們共坐一桌，在每位老師的帶領下，從學習最艱澀的研究法到與《愛麗斯夢遊仙境》的小兔子共享下午茶時光。

之後在張子樟、張清榮、許建坤、黃春明、洪文珍、梅子涵、方衛平等老師的帶領下，更開啟我在文學領域不同的窗。此外，所辦常聘請許多創作者，國內外學者，資深編輯等從業人員到校舉辦講座，偶爾也有兒童戲劇等演出，飽足我們的視野，也激起我們學習的動機及討論思辨的能力。

當然那一場場學術研討會中，從鴨子聽雷到知其所云，再到爾後的發表自己的論文，我相信自己學到了什麼，至少彌補小時候，那個只看過幾本中國童話和一本沒有封面的寓言故事的自己，還好，我沒有忘記童書曾經給我的那份感動。

在臺東的家

在最酷熱的盛夏來到臺東讀書，我們都有點傻，但還好最傻的創辦人~阿寶老師，有教我們許多小撇步：晨起讀書，日上竿頭到所上吹冷氣上課，下午濃茶咖啡伴隨，趕走瞌睡蟲，直到太陽公公下班，我們一天最快樂的時間也到來，利用任何交通工具到處去遊玩，山風水邊、看海踏浪都可以。阿寶老師常說：「來臺東就是好好的玩，整天躲在所辦讀書多無趣。」

這點從他一開始帶我們坐遊覽車去杉原海水浴場，這樣大費周章的籌辦我們的新生迎新活動，就可以證明。學長姊總是必須為學弟妹準備熱鬧的迎新節目，給予一切新生需要知道的協助，到了學長姊畢業時，除了餐會以外，還可以看到學弟妹熱情歡送他們的表演節目。從暑期班一到四年級，大家都可以像一家人般，互相照顧，彼此鼓勵切磋，在這個兒文所安心幸福的唸書，而教授則像我們慈愛的長輩，除了我們的課堂學習，也常有許多機會可以與老師暢談我們各自對所學或生活上的疑惑。兒文所是一個家，這句話真的沒有錯。

說到一個家，除了上述的空間、家人、長輩，當然不能沒有食物。我知道臺東的許多美食，一部份是來自阿寶老師，他會請人家特地打包回來，或者親自帶我們去感受。我從這些食物的製造者兼銷售者身上，學到臺東人的自我生活藝術，當我們抱怨他們的營業時間太短，食物做的數量不夠時，他們會大聲的告訴你，目前的產值已需要他們清晨忙到傍晚了！若沒有早上在家不停的製作，下午的時光我們怎麼有美食可享用，是啊！原來臺東人早就和原住民一樣知道慢活的重要，取自己所需，自己足夠所用就好。

另一部份是所辦抽屜那張臺東美食地圖，那張從清晨吃到宵夜，從蕭家肉圓吃到湘琪牛肉麵的好吃滋味。從所辦會有一張學生手繪美食地圖供大家影印，就可以知道這裡真的是很溫暖，很熱情的地方。

每年為期兩個月的讀書，除了讓我身心靈在此放鬆，也在兒文所好好再充電，我從這裡學習到做學問的方法。讀書有時是照著書單全盤接受，有時是循書中線索一本本接著讀下去，又有時是按作者的出版順序，一口氣通通讀完。讀書有時再難讀也要想辦法翻到下一頁，有時遇到參不透的就索性把書丟了吧！這一切對閱讀的經驗探詢，彷彿也是對自我的人生經歷探索，真幸福是書陪伴每一個時期的我。

不小心多得到的禮物

因緣聚會，除了暑期到臺東念書，我還多了可以在所辦工作的機會，雖然當時的薪水在同學中應該算低薪，但我可以擁有臺東的美景、與師長接觸、閱覽所辦的圖書資源，這是當時多少同學羨慕的機會啊！

擔任阿寶老師的助理，那是我很大的挑戰，雖然那時我很傻不知道，只知道很多擔任過的前輩，再三告誡我，老師是一個有工作狂的人，有想不完的想法，做不完的事，從他每天五、六點自己來開門上班就知道。前輩的訓詞不停在我腦中盤旋，被交代的事做完了，一定要「藏」起來，不然太早交給老師，馬上就又有新的工作可以做。

但我不喜歡「藏」的感覺，所以真的有做不完的事，可是，後來因為這樣，我從老師身上學到更多學問以外的人生觀及做事方法。老師運動的習慣，規律的生活，讓他可以從容的應付身邊的人事物，上課永遠不遲到，約會永遠比對方早到；有事立刻解決，有帳單馬上繳納，這樣才有更多時間應付未來的事情。

那時常常幫老師寄書給需要的學生，或大陸的學者，老師對於兒童文學同好，從來不吝嗇資源，即使寄書往大陸郵資非常貴，只要你對所專注的研究課題有關，自掏腰包買書給學生也都是常有的事。離開學校後，因為我們承辦了圖畫書插畫展的活動，當需要老師的史料書籍資源時，老師也是給予最大的協助，和老師的關係，從來沒有因為畢業而斷線，因為我們也被老師教導成「時時關心身邊兒童文學事物」的一份子。

人生的意外，往往不會只有一件，就像我書店的工作不再容許我每年留職停薪去進修時，阿寶老師讓我有機會在臺東所辦工作；經過一年，當我又漸漸在臺東的四季得到安身立命，甚至想要常駐停留時，偏偏又殺出個程咬金，我和班上的一位男同學戀愛，偏偏這位同學又是臺北人，讓我的逃離臺北夢想頓時破滅，畢業後結婚我們當然就又乖乖的住在臺北。

人生能遇到一個志趣相投的人，其實是莫大的幸福，讓我們兩個不用再買相同的書，還擁有一個可愛有童趣的家，去很多童書店，探訪許多兒童繪本館，「天天開同學會」這句話形容我們自己的日子，應該一點也不為過吧！

那小小的不捨

先是有次夜晚回臺東，找不到杉原海水浴場而心慌，後來白天再去還是找不到，取而代之的是美麗灣大飯店，那時我很生氣這棟建築物，竟然取代我研一迎新的秘密基地。

有次聽說海濱公園的寶桑亭要被拆除時，我心裡想這怎麼可以，「寶桑」是臺東的舊名字[2]，就算不考慮那有我們讀書時夜晚喜歡爬上去吹風的回憶，也要考慮愛鄉藝人張惠妹也在這亭子上唱過「海哭的聲音」的記錄啊！

離開臺東，有天在報紙上看到大火燒了大同戲院，有人建議舊地重建，也有財團說要替臺東人蓋座影城，雖然我知道大同戲院後期都放二輪片，且生意也不好，但那是所有莘莘學子和臺東人的視覺回憶，大火無情，但影城不能重現大同戲院曾帶給我們的甜蜜影像紀錄。

臺東友人告訴我，三商百貨要拆了[3]，我的心又揪了一下，那裡不但有我十八歲第一次來臺東時閒逛的記憶，還有我後來在臺東讀書工作時，殺時間吹冷氣，買禮物的美好心情呢！怎麼可以拆號稱當時臺東唯一有電梯的百貨公司呢？

學長臉書消息說，他們已經在兒文所臺東校區阿寶老師研究室，舉行了最後一場上課，接著，那裡就完全被校方收回去，所以之後的我們，回—不—去—了！

臺東從我一認識的純樸，單純，美麗，我想她的美沒有改變過……

在我離開十年這段期間，我斷斷續續都會想要回去，在那不同的季節，我想要去看看我以

2 臺東昔日名為「寶桑」，清光緒年間設卑南廳於此，大正九年（西一九二〇年）改稱「臺東街」。

3 一九七二年成立於臺東的大同戲院，位於臺東市中正路，有金、銀、財、寶、福、壽六廳，二〇〇九年八月十七日清晨失火燒盡。二〇一三年七月十二日秀泰廣場開幕，除有一個八廳八千個座位的電影院，還有商場美食街等的綜合型商場。

前認識的人、還有曾經走過的足跡、停留過的地方、回味吃過的美食。當然每次回去就會有一些小小的失望，因為我的記憶有一些不斷被摧毀，只能成為回憶，而在那數位相機還不普及的年代，我留下的影像少之又少，在臺東新的建物，景點一一出現之時，我好怕心中那些沒有名字或小小的紀念標地通通會消失。

鐵軌的盡頭是什麼？

去年夏天帶我們的孩子看新舊校區，去了許多連本地人都推崇的新景點，還光臨臺東誠品書店。我和孩子說許多過去的故事，這裡是媽媽獨自探險的地方，那裡是爸爸媽媽第一次約會的地方，那間書店以前沒有喔！但媽媽卻曾經在臺北的那間童書店工作過，頓時，我有了新的體悟……

從那一開始探訪的鐵軌的盡頭是什麼？我剛開始以為就是消失，埋入土中的鐵軌被掩沒了。但其實是一股吸收土地給予的力量，雖然鐵軌不會吸納土地的養分而茁壯，鐵道旁的小草茂密的生長著，告訴我不管火車還來不來，他們還是會奮力的生長，生命就是這一個樣子。

對於只是臺東過客的我們，雖然我們緬懷自己的回憶，但無權去要求臺東一直一成不變，畢竟留在那裡的人也需要工作機會，也需要更方便的生活，我目睹了舊火車站消失，也看到了閒下來那幾年鐵花路的蕭條，連農民都把牛繫在鐵道旁的水泥柵欄，讓牛在鐵軌枕木上吃綠草，如今，火車站休息夠了，她以一種更美麗的風景出現在我們的面前，蜿蜒的鐵道讓你漫遊散步臺東的歷史命脈，還有了一個新的名字，鐵道藝術村[4]。生命，應該就是這一個樣子。

兒文所舊校區的完全結束，讓我感傷了好一段時間，我處在一種消失被取代的回憶中，經過這幾個月的思索，我整理出我的思緒，我們所創造出來的，會在我們自己的生命留下印記。正如我日前參加美國評論家Leorand S. Marcus的講座，他的講題有一場是「揭密凱迪克：國際圖畫書大獎的背後故事及引響力」[5]，我在他演講後，拿著我十年前的凱迪克獎論文研究與他致敬，謝謝他的論述曾給我的論文很大的啟示[6]，但我同時也要讓他知道，在他第一次探訪的這個小小島國，有人曾經和他研究過同樣的論題，而且不只有我，我們還有八百多名學生都和我一樣，都那麼認真在自己的兒童文學專題研究，且目前也都在各自領域繼續發揚我們所學。

畢業十年了，另一半總問我，為什麼每年都要回臺東，我也說不上來，雖然我在西部出

---

4 臺東舊站廢除後就被改建為自行車道，而站房、月台及站場的部份則於九十二年由縣政府規劃為鐵道藝術村，為市民多帶來一個新的悠閒空間。

5 Leorand S. Marcus美國童書評論家，畢業於耶魯大學歷史系，二〇〇七年獲班克道教育學院（Bank Street College of Education）頒贈榮譽博士學位。

6 筆者為兒文所暑期班第三期學生，碩士論文題目為「美國凱迪克金牌獎作家作品研究」，研究自一九三八-二〇〇三年間凱迪克獎得獎作品，論文指導老師：林文寶教授。

生，但或許臺灣海峽的海不能解答我人生的許多疑惑，所以我才悠悠蕩蕩有機會來到太平洋，這潮水的聲音呼喚我，開啟我人生另一扇大門，我想要知道兒童文學是什麼？我自己是什麼？我還能做什麼？很高興，我找到一些答案了，謝謝太平洋，謝謝兒文所的一切。

我想寄給大家的信
——回憶臺東兒文所暑期班的美好

李公元

親愛的兒文所老師與同學：

大家都好嗎？我是暑期班第三屆的學生，公元，那年就讀時公元二〇〇一年，畢業時公元二〇〇四年，而現在是公元二〇一四年，我猜測，大家對公元最開始的印象，應該是幾次迎新活動時，公元拿著布袋戲偶，開始東扯西扯上演兒文所老師的布袋戲胡掰劇，當時演什麼，說真的我都已經忘光光了，依稀只記得把每位老師都拿出來小小的模仿一下，開嘴笑的白闊老阿公是阿寶老師，慈眉福氣老婆婆是吳老師，深藏不露怪老子是張子樟老師，美麗小花旦是游珮芸老師，而武功高強卻又帶點瀟灑頹廢的俠客，則是杜明城老師，楊茂秀老師好像從來沒出場過，不知道是不是因為他的捲髮歐吉桑造型，讓我找不到類似的布袋戲偶？而我也依稀記得，無論我演什麼，只要布偶報上名來，套幾句老師平日上課的語氣念白，大家都十二萬分的捧場，哈哈大笑外加熱烈的掌聲，對公元胡掰的能力，鼓勵肯定不小，大家或許不知道，其實我躲在幕後害羞焦慮得很，演出前不斷的自我模擬，更是內心糾結掙扎、胃腸翻滾數十回。

那段在臺東就讀兒文所的日子，對我來說，似乎也如布袋戲胡掰劇一樣，既深刻又模糊，雖艱辛卻甜美，四個暑假，我們像夏季候鳥般東飛南下，幸福相聚，展開兒童文學探索之旅，同學來自四面八方，有各自的絕世武功，獨門秘訣，只要老師輕輕撩起，大家就各展絕活，舞劍耍刀，樣樣精彩，當然，大家不是在戰場上廝殺，而是在共同興趣上的鑽研、討論與分享，我記得我那幾位有才華的研一室友，帥氣又言談不凡的峻堅，他寫的千里眼、順風耳本土小說，魔幻又神奇，可惜你後來去當小學校長了，別忘記你可是有才氣的作家啊！還有喜歡狗、植物盆栽的順宏，你不但孝順父母，還在自家養殖了無數隻小狗，也難怪你專情於動物小說作品與作家的研究。我最佩服的其實是培欽，他不但有像花豹一樣健美的體格，愛運動愛游泳，還有超級堅持、永不放棄的寫作慾望，每次跟你聊起創作，你的眼神總是充滿亮光。畢業多年，大家已是好久不見，真希望還有機會，大家齊聚共寢，把酒言歡啊！（雖然我知道，你們沒有一個像我一樣愛喝酒）

我親愛的女同學，兒文所的好時光，也要好好謝謝妳們的陪伴與扶持！雖然無法一一提起感謝，但有幾位好同學，我一定要在這裡特別謝謝妳們！謝謝德姮，妳是我第一個一起搭火車北上回家的同學，妳對電影、圖畫書的專精與研究，在我後來研究圖畫書上的指導與啟發，有莫大的貢獻，而妳對小弟從事的藝術與偶戲教育，也總是不吝惜的贊助與鼓勵，真的謝謝妳！再來是美雲，在我二十九歲時，妳五十二歲來當我同學，我們四年後畢業，也都在畢業後找到自己的幸福伴侶，更神氣的是，妳還把自己嫁到日本去，在妳身上，我總是看見無比的熱情與勇氣，妳永遠是我最欽佩的同學。然後我想要感謝秋芳，妳是我們班頭號才女，也是公認最有名氣的作家，妳不但暗地裡幫我修改第一篇我在學術發表會上發表的小論文〈劉伯樂圖畫故事書初探〉（收錄二〇〇四《臺灣資深圖畫作家作品研討會論文集》），還曾經在我研究所期間的失戀事件，扮演重要的輔導老師角色，主動幫我介紹女朋友，雖然那次星光下的海邊約會，最後是沒有成功的結局，不過後來妳幫助我找到真愛，才是我最最該感謝妳的地方，是的，妳應該是我們的頭號媒婆。

最後一位感謝的女同學，則是畢業後成為我親愛的老婆淑娟（後改名孟嫻）。很不好意思，妳還曾經在那次，我與別的女孩在星光下的海邊約會前，與秋芳及幾位同學，陪我到臺東清粥小菜處沙盤演練一番，沒想到我遇到了一位未曾看過《神隱少女》也不感興趣的女孩，那晚我回家後，才驚覺到我的身邊早就已經有一位值得我迷戀的女孩，那就是妳，我是那晚才開始決定要追妳的，謝謝妳讓我愛上妳，在兒文所的日子裡，如果沒有妳的出現，對我來說，不但失色不少，更會是莫大遺憾。親愛的老婆，是妳讓我的兒文所生活，就像戀愛的夏天一樣甜蜜璀璨，妳還記得嗎？當妳第一次要對大陸學者及研究所同學，做一次圖畫書專題演講時，我因為學校有事無法出席，於是我提前幺妳對我講一遍，那時候我已經開始喜歡妳，妳卻還不清楚我的心意，不過妳提前也專門讓我享受了一次超棒的圖畫書之旅，我們捧著一疊厚厚的圖畫書，在臺東有地中海藍的小咖啡廳裡，一本接一本的聽妳說圖畫書，看圖、講故事，那是妳最美的時刻，也是我在臺東私藏最美的風景。之後，我幫妳搬家，開始讓妳吃驚的表白心意，當妳我都還處在朦朧不明的關係時，又是一個暑假的結束，我要回臺北山上教書，妳卻必須留在臺東海邊的兒文所工作，兩地遙遠的距離，讓我們的感情，增添了更多思念與考驗的元素，每天一通電話，以及每月搭火車下去找妳的日子，也成為我那段生活，最甜蜜的回憶。如果說每個兒文所畢業的人都是幸福的，那我應該算是加倍的幸福，因為我不但拿到學位，還娶到美嬌娘妳，謝謝妳，我最好的同學，我親愛的老婆。

而親愛的老師，您們都好嗎？阿寶老師您的短褲、涼鞋、理平頭，專心看書、買書、談書的神情，一直以來都是我景仰的美好形象，您那豐富藏書的研究室、堅固鐵架的藏書庫，總是不吝嗇的與各種愛書人分享與結緣，那是我認為臺東最最神奇也是最讓人難忘的文人空間。謝謝您！阿寶老師，沒有您的大力鼓勵與大氣指導，我無法建立一個較明確又堅持的臺灣圖畫書發展史觀，雖然畢業多年，我還未能在兒文界裡有所創作成績，不過在您的熱情協助下，我與淑娟已完成兩次國家文藝基金會的申請調查研究案，分別是二〇〇六《臺灣兒童文學插畫家100 Vol.1》，與二〇〇八《臺灣兒童文學插畫家100 Vol.2》，能夠這樣地為臺灣兒童文學插畫家建立基礎的圖文資料，全是您為我們開啟的研究觀念。也因為兒文所的訓練與機緣，讓我得以認識臺灣那麼多優秀的創作者，很榮幸地獲得鄭明進老師推薦，擔任國立臺灣美術館民國百年重要展覽「繪本花園~臺灣兒童圖畫書百人插畫展」策展人，展覽過後一年時，我特地再去拜訪國美館承辦館員，很高興她告訴我那個展覽，創下國美館國內展最多參觀人數的新紀錄，阿寶老師您無私地提供經典童書展覽、擔任邀請插畫家的推薦老師，以及幕後給我許多技術上的指導，都是讓這次展覽如此成功與精彩的關鍵啊！也謝謝老師，畢業後沒有忘記我，指導我書寫發表〈鄭明進兒童插畫的藝術表現〉單篇論文（收錄於二〇〇八《鄭明進作品研討會論文集》）、〈曹俊彥兒童插畫中的臺灣風格～從1980年《老鼠娶新娘的故事》談起〉單篇論文（收錄於二〇一一《天真與視野～曹俊彥兒童文學美術五十年回顧研討會》），也邀請我一同參與《臺灣兒童圖畫書精彩100》專書撰寫工作，讓我評論了臺灣經典圖畫書《瑪咪的樂園》等十本圖畫書。說真的，阿寶老師，沒有您的帶領與堅持做下去，我們似乎無法幫臺灣的兒童文學建立較健全的史料與研究，而我更喜歡您提倡的「隨意亂讀」閱讀教育觀念，給孩子一個真心喜歡閱讀的環境，不過份指導與規定作業，這一直都是我最喜愛的讀書方法。

當然研究所裡，還有幾位讓人印象深刻與心懷感激的老師，最喜愛看游珮芸老師書寫的各類散文與詩歌，您指導我們用黑點點去創作的圖畫書作業，我跟孟嫻都還珍貴收藏著呢！也謝謝您熱心協助我去日本拜訪安曇野岩崎智弘美術館，獲得副館長等人熱情招待，近日更推薦我書寫偶戲教育的點滴收穫，希望可以早日成書出版。親愛的張子樟老師，您是我們訂婚典禮上的致詞長官，很謝謝您為我開啟閱讀兒少小說的新視野。親愛的洪文珍老師，我一直很懷念您上課的方式，以及課後受您招待到臺東知本泡溫泉的難忘體驗，謝謝您，洪老師！我也要謝謝楊茂秀老師，雖然上到您的課不多，但由於您大師級的演講功力，讓我們畢業後還有多次機緣與您親近，享受您天馬行空、蘊含禪機的各類故事。最後是要謝謝杜明城老師，您在這個時候、這個階段帶領兒文所的發展，真是辛苦又責任重大，收到您為兒文所努力募款的信件，很敬佩您的用心，研究所上您的課像聽文學家演講一樣迷人，您好似被不老的文學靈魂附身，穿梭在中西方文學的魔術點金師，讓我們對文學的感受細胞都敏感起來了，謝謝您，杜老師。

二〇一三年暑假，我與老婆帶著兩個小小孩，再度回到臺東大學校本區，原本的兒文所研究室，只剩下阿寶老師那一間，原本的埸埸米閱覽空間、查資料做作業的一樓空間，也都改變使用功能了，那時，阿寶老師已經預告這裡的兒文所，即將走入歷史結束，兒文所全部要轉移到知本新校區。樓梯間牆壁上手繪的那位小男孩依舊存在，不過好像少了一點認識他的人，與陪伴他的人聲，或許對於我們這些老兒文所的學生，這個空間、這個環境，充滿許許多多珍貴難忘的回憶，搬遷還真讓人有許多不捨的情感出現，不過追憶似水年華，一切精彩回憶早已留在大家彼此的心裡，或許，新的環境，新的兒文所，將會有更多歡樂與美麗，我相信，兒文所的學生都是幸福的，能夠在研究中或創作中，重新找回喜愛兒童的心，為兒童畫圖、寫書，這都是我們比其他人幸福的地方，我衷心祝福每個兒文所的同學與老師，我會跟大家一樣，繼續喜愛兒童文學，繼續喜愛臺東大學兒文所。

二〇〇三年的夏天……

陳麗珠

回想起點

二〇〇三年夏天我在臺東重新當學生，在這裡遇到一群真心真性真情的好同學，我們成為臺東大學兒文所暑期班第五屆的學生。十年過去了，現在回想起來還是一樣的甜味。二〇〇六年從兒文所畢業至今，算一算到今年暑假已經是七年了，到現在還是會不時地向人提起這一段我生命中的美好記憶，因為太美好，許多只能感受無法言喻的片段，好難說清楚，這次阿寶老師邀請我們來寫一寫關於兒文所的點滴，慶祝兒文所搬家，想說趕緊找出當年的寫作報告，卻發現更新電腦，什麼也沒有了，只好靠著一些印象寫寫看。

今年八月兒文所要搬家，從臺東市區的中華路，搬到知本校區，說實話聽到搬家的消息，心裡不太歡喜，搬家的同時也搬走大家在那裡的記憶，那裡有我們上課的樓房，是一間舊式水泥灰色的三層樓房，兒文所使用一、二樓，兒文所的招牌放在門口的左邊，我和招牌拍二次，一次是開學時，一次是畢業時，二次拍照的心情卻是完全相反，開學時是開心榮耀，畢業時是離情依依的捨不得，在兒文所就讀三年的四個暑假來到臺東，畢業後我們何時再來臺東相聚？一個我們會想念的地方，寫到這裡，真有股想飛去臺東的衝動，可是今年暑假兒文所要搬家了，那種畢業時離情依依捨不得的感覺又浮上心頭。

二〇〇三年這個夏天是我求學生涯的新起點，一直覺得這是一種福份，是一個提升我信心的地方，而這福份至今仍持續綿延著，我怎能如此幸運啊！「兒文所不好考！」真的不好考，我考了二次才考上，以為自己能力差，後來發現沒很差，我說能考上的人是興趣意志堅強的人，上學的第一天全班都知道前一年備取的第一名在我們班，巧的是一次下課要回租宿的地方，遇到國榮同學騎腳踏車經過，順便載我一程，一路上聊著聊著，他說「我是備取第二名」，我跟他說「啊我是備取第四名，備取第三名是我學校的同事」，真好奇我們班還有哪些同學曾經考過兒文所的，我說「真的很難考吧」。

選擇

夏天的臺東是熱的，我知道你會說，廢話！夏天哪裡不熱，這裡熱到平常不喝飲料的我，開始需要喝冰水青草茶才覺得消暑，熱到需要每天去跟美麗老闆娘的果汁攤買一杯酪梨牛奶喝，熱到從圖書館走出來看飛沙茫茫一片，原來是刮起焚風，熱到走在路上長袖長褲不敢脫，臺東的夏天雖然很熱，我們就是喜歡泡知本山裡的那處一百元溫泉。

長期在臺北市工作，緊湊快速的工作生活，感覺自己快生病了，除了讓自己重拾書本學習，我無計可施，兒文所在臺東，對！臺東有個兒文所，在即將邁入四十年華的我，決定奔向臺東兒童文學研究所，至少接下來我付得起機票錢，付得起房租，付得起這四個暑假的日子可以怎麼過，因為我感覺喘不過氣了。

開始上課

第一堂是阿寶老師的兒童文學課，席上第一真言，是「教科書不是書，只讀教科書的人，還不算讀過書…」，聽到這裡，我心裡大叫一聲「啊！我就是那個只讀教科書，不算讀過書的人」，原來我是從研究所才開始讀書的呀！到現在每當拿起一本書時，這句叮嚀總會無意識的在腦中飄響，督促自己多讀書。

第二堂課，張子樟老師的少年小說課，席上第一真問，是「誰看過這本的…」，自動有人舉手，心裏超緊張的我，開始視力模糊看到眼前四周舉著的手多如樹臨矗立有自信，接著這一本、那一本…，那些手舉了放下；放下又舉，而我這個只讀教科書的，當然是一本也沒讀過，甚至連書名都沒聽過，可想而知頭臉都要鑽到桌子下了，這時忍不住跟坐在我右邊那位一直舉手的同學說「你不要再舉了，我一本都沒讀過⋯」，可知考進兒文所的我，此刻真是百感交集。

後來才知道這位每一本都看過的同學是——王文華。二〇〇三年夏天，真有幸認識了一群來自全國各地認真又有趣的老師同學。我們班的同學可說是臥虎藏龍，不同凡響，已經出版過兒童文學作品的毛威麟校長、王文華、吳惠月，後來得到九歌兒童文學首獎的柯惠玲，她的獎金我們這群同學也有「吃」到。

第一個夏天的課就這樣戰戰兢兢的上著，杜明城老師的文學社會學、游珮芸老師的繪本課，還得自己做一本、洪文珍老師的少年小說、楊茂秀老師的繪本與兒童哲學、濬陽馬力老師的大陸童話研究⋯，這每一門課都是我陌生的課，想來還是不可置信的我上過了。然後第二個夏天，第三個夏天，二〇〇六年是第四個夏天，這個夏天又是百感交集的時刻，一個無論如何的頭昏腦脹也得把論文交出來的夏天。

在臺東學習生活

說到生活，我比較像過日子不是嗎？看著來兒文所唸書的學長姐學弟妹，每年暑假全家一起來臺東是上課又像度假，很讓人羨慕，尤其是像我這款單身者特別羨慕。大人在兒文所上課，小孩在臺東大學生辦的夏令營裡活動，下了課全家人再去玩遍臺東的不同角落，在這裡我的思想好像變得健康清澈起來，在這裏和人的關係純粹許多，學長姊學弟妹，不論你認不認識都會在兒文所辦公室旁的閱讀室（其實是聊天室）碰到，然後聊上幾句，聊什麼？當然是臺東的吃喝玩樂，還有關於兒童文學。

阿寶老師從我們入所的第一堂課就千叮嚀萬交代說：「來臺東是來玩的，來臺東你若沒去綠島和蘭嶼玩，都不算來過臺東」，他要我們先學會生活，在生活中學習，然後再邁向創作，現在想起來阿寶老師真是用心良苦。所以除了上課之外阿寶老師不需要用扣分威脅，大家自然拼命排行程也要去玩，偏偏我沒跟到關山騎腳踏車~鯉魚山~卑南遺址~布農布落~蘭嶼…，好幾個代表性的行程都沒跟到，現在想想我寫不出來是有原因的啦！如此藉口之言，要是被阿寶老師聽到，想必他會說「你們啊，理由一大堆，緊寫」（台語），對對對理由一大堆，就是我們寫論文的基本心態，我最後論文能順利地完成，也是靠這群可愛的同學幫幫忙的啦！

兒文所除了阿寶老師，張子樟老師也很關心我們這些學生，風格是熱熱的關心冷冷的笑，所以同學偷偷比喻張老師是冷面笑將（匠），每當我們跟他開玩笑哈啦哈啦時，他最常回應的是「胡說八道」與阿寶老師的「黑白講」有異曲同工之妙，可見我們這群中年學生頑皮的程度，真不輸給小學生，把老師們惹得哈哈大笑是我們的另一個任務，是出於我們愛的開心兒文所。

親愛的同學們

接下來說說我可愛的同學們，因緣際會我們班三十個來自臺灣不同縣市的老師，這些老師從幼兒園，小學，國中縱跨到高中不同階段的老師，以臺東為起點環島到澎湖，能聚在一起當研究所的同學，這是其他研究所、其他學校所沒有的，每年暑假來臨前總會期待著再與這些同學相見。我喜歡我們班（啊！又是廢話），真的有夠可愛，愛到不知如何愛，於是就一直一直放在心裡不敢忘記，記得有一次中午去學校對面的不老林飯館吃午餐，幾個人邊吃邊聊談笑不已，坐在前面那桌的一位小姐特意走過來問我們「請問你們是兒文所的嗎？」，「是」，「你們的所好像比較有趣，看你們上課都很開心，同學的感情也很好」，同學感情好對我們來說似乎很自然，我們笑一笑，看看她是一個人來吃飯的，她接著又說「我們同學上完課就散了，彼此就都不太認識，唸兒文所真好」。

這就是兒文所，我們下了課不會散，會呼朋引伴去吃飯，去臺東的不同角落走走，平常在臺北市中心工作的我，把一年的街挪到臺東來逛，每天下課我們都有機會在中華路上走逛一回。關於臺東的小吃，花蓮的阿壽同學說「臺東的小吃比花蓮的好吃」，真是這樣，卑南包子、卑南香腸、陳記麻糬、羊肉爐、鮮魚湯、臭豆腐、米苔目、酪梨牛奶⋯，小吃加上可愛的同學們，更加好吃。

我們很聽老師的話，認真到處去玩，不只玩臺東，我們還跟到北京，哈爾濱去玩，老師帶我們去認識大陸的兒童文學作家，開闊我們的視野。我說過我是幸運的，我的同學是作家喔！而且還不止一個，此刻又覺得與有榮焉沾到光啊，原來除了所裡的老師在兒童文學領域的耕耘卓著之外，我的現任同學也在兒童文學的領域創作鑽研很久。

「老師作家」也是阿寶老師鼓勵我們這些兒文所學生要努力去做的方向之一，我們這一屆正好遇上學校升格為臺東大學，這一屆的迎新活動可謂是歷年來最盛大的迎新活動，活動中有五位學長姐的新書發表會，還請來抽畫家一起共襄盛舉，阿寶老師秉著「老師作家」的理念讓兒文所在臺東師範學院升格為臺東大學時，沒有劃為教育學院，而是跟著阿寶老師到人文學院，老師堅持這是一個鼓勵創作優先的研究所，他說先有了好的作品，自然就能有教育讀者的作用，讀者在作品中受教層次更高，也是兒文所重要的精神之一。

我們下課後不會散，畢了業也不會散，兒文所一直在我們的心裡，「謝謝我可愛的同學們，我們一同感受終點之前的困惑與不安，相互扶持依偎似乎是我們在這最後關頭唯一能做的事。那同學兼密友的盈穎、品君對我功課上的緊迫盯人與激勵；靖芬、素真、康明、美蘭給我心靈的擁抱；文華、戶正、淑萍、永龍、毛校長、黃玉芳、伶黛在我求救時鼎力幫忙；怕我悶壞了的秀雲會帶我出去遊玩散心。」這段是寫在我的論文裡的謝詞，現在的心裡還是謝謝。

阿寶老師曾經說過，我們也都知道，兒童文學研究所在臺東有無可取代的美好，去了別的地方就不是這樣的質感了，在兒文所的三年，也被養成愛買書的行為，不再只讀教科書，所以到現在還是常去ㄌㄨ老師，聽聽老師的提點，受益無窮。

現在回想起來，依然是「論文撰寫的過程中，更多是在細讀自己的成長，論文完成之際，心中為將與這一群伴我在進入中年時重拾書本的師長、老少同學們分離感傷，我將不會忘記每年暑假到臺東唸書的幸福時光！」。

二〇〇三年夏天開始，兒文所與臺東植進我的心裡，夏天對我有了不同的意義。永遠。

那一年，永遠的那一年……

廖炳焜

那一年，車過南迴，迎面就一整個蔚藍撞過來，把長途跋涉的昏沉撞醒過來。我對著那片藍歡呼：兒童文學研究所——臺灣唯一的兒童文學研究所！我來了！

這位阿伯是誰？

初進兒童文學研究所，遇見一個「工友」：穿著短褲，趿拉著拖鞋（他一直辯稱它是「涼鞋」）差一點問他開水在哪裡。第一堂課，這阿伯竟然出現在教室，一副老痞樣子，說：「上課了！」

「這阿伯是誰？」

「……」眾人面面相覷。

突有「識貨」的同學高呼：「所長好！」

「啊……」不識貨者，通通傻眼。

對！這位阿伯正是臺灣第一所兒童文學研究所的創立者——兒文界的怪咖——林文寶！

認識阿寶，你就會跟著認識阿寶家的「寶山」；喔！不要誤會是我們同學「寶山」，而是阿寶家那浩瀚無垠的書堆！阿寶對他家這些藏書，可以說是宇宙超級無敵的慷慨。（呵呵！阿寶老師，您不要樂歪了！）同學們入寶山絕無空手而回，那些假裝愛看書的，或是要寫論文的，可說是絡繹於途。至於，最後有沒有物歸原主，阿寶可能至今還是「霧煞煞」，只能希望那些至今還「忘了」還書的同學，有良心發現的一天。

少年小說的戰國時代

選修洪文珍老師的少年小說課之前，就聽說洪老師的課很讓人「魂牽夢縈」，但因著對少年小說難以割捨的著迷，就和幾個「不知死活的」同學潦落去囉！果然，這是一堂讓人焚膏繼晷、夙夜匪懈的課。套句通俗的話：「把你電到金爍爍」。

每週要看三到五本的國內外少年小說，運用各種評析作品的工具，寫出一篇數千字的小論文，課堂還要上台報告，並接受老師和同學的提問。從來，讀小說不就是好看不好看罷了，哪來這麼多「有的沒的」。初始，接觸這樣前所未有的震撼教育，感覺壓力特大。同學幾乎讓這堂課操得睡眠不足，每次聽見沒選修這門課的同學吹口哨，簡直是「羨慕到牙歪」。

然而，幾週過後，少年小說課堂上的激辯聲與歡笑聲，卻把沒選這堂課的同學吸引過來了。這些當初「好逸惡勞」的不速之客，竟喧賓奪主，大發議論，遂演變成搶發言權大戰，洪老師也淪落到最後十分鐘，才取得總結發言的機會。少年小說課，那張橢圓形長桌，已經成了大家可以百無禁忌、大發厥詞的「論壇」。

洪老師貌似嚴肅，卻容許學生「各言爾志」；尤其同學深陷在中外的少年小說閱讀樂趣，每堂課都有傾吐不盡的各家觀點。一個暑假下來，一套紐伯瑞大獎小說，竟也評析了大半，從來對少年小說一知半解，經洪老師的「板金鍾鍊」，不少同學，不僅開始創作少年小說，甚至敢到各地和老師們分享少年小說，這都要歸功於洪老師的「板金」功夫，以及那種接納「異端邪說」的雅量。

閱讀小說的咖啡座

第一年已經上過少年小說課，想不到第二年，又開了「少年小說欣賞」，足見少年小說這門學科，在兒童文學裡的「梁柱」地位。

如果您問我，上洪文珍老師的少年小說和上張子樟老師的少年小說有何不同？就課程內容而言：洪老師重在評論分析；張老師則重在導讀與欣賞。就兩位老師的上課風格而言：洪老師的少年小說課是「嚼橄欖」；張子樟老師的小說課就是「品咖啡」；如果洪老師的少年小說課是讓你的舊車再板金，那麼張老師的小說課，就猶如開著法拉利馳騁中外文學的競技場了。總的來說，經過洪老師的板金再造，讓我們的法拉利更順暢拉風。

張老師導讀的作品，從陳映真的〈山路〉到西西的《像我這樣的一個女子》；從李潼的〈鞦韆上的鸚鵡〉到馬奎茲的魔幻寫實作品；從老一輩的作家，到剛躍上舞台的新銳少年小說作家。雖然都是以短篇為主，但是主題多元，風格各異，大大的拉開了我們對少年小說的「視界」。

未接觸兒文界人稱「大俠」的張子樟老師之前，還以為他是個很「冷」的人，殊不知這座冰山底下，竟然是熾熱的噴泉。尤其上課討論中，忽而爆開他爽朗的「張氏笑聲」，讓我們這些已經搶話成習的學生驚詫：想像與事實著實有不少的落差。

那一年，永遠的那一年……

自兒文所畢業倏忽已十三年，當年薈萃了兒文界的前輩在此授藝，也攏聚各路英雄到此磨劍。兒童文學研究所，是一個可以百花齊放，可以眾聲喧嘩的地方。由於洪老師和張老師的鍾鍊，讓我在寫作上獲得匪淺的啟發，更由於阿寶老師引介出版資源，讓我和幾個同學的作品，能順利在國內「首發」。那一年，能沐這三位老師之春風，是在兒文裡的一大幸福。

而那一年，在我心裡，也將是永遠的那一年……

開門

子魚

自進入臺東師範學院兒童文學研究所開始，算一算時間超過十年了。若問我在校期間，哪件事讓我印象深刻？回憶當年念書時期點點滴滴都讓人回味十足，有兩件事影響我很大。

人生總要尋求一道門，能走進兒童文學門內，對我這位退役軍官而言實在是特別的選擇。然而是誰為我開啟這道門呢？

時任兒童文學研究所所長的林文寶教授，是他為我開了這道門。很多年之後，在與老師談話時，才知道他為什麼願意讓我這個學生入學？

我是從學姐鄭如晴口中得知兒童文學研究所招生。決定採取推薦徵試途徑入學，在整理資料過程，剛好獲得信誼幼兒文學獎。心想得一個獎，應該有加分作用。沒多久，學校寄來口試通知單。

走在中華路校園，特地轉到昔日念書地方看一眼，兒文所早遷到知本校區。我是回來尋找懷念，想看看那滿是塗鴉的矮牆，樓是深鎖，我站在樓前花圃望一望，想起這裡是我與老師第一次相遇卻是記憶深刻的地方。

回想當時要到學校口試，口試前一天，我已搭火車到臺東。清晨六點，我從旅館步行到學校，想看一看校園，確認兒文所的位置，再去吃早餐。臺東師範學院很不起眼，小小的校區一下走完。

走完校區竟找不到兒文所位置，我打算詢問。漫步在球場邊緣花圃，看見一位穿拖鞋著短褲汗衫的先生在澆水，我禮貌的詢問。

「請問兒童文學研究所在哪裡？」其實我已經接近所辦，只是自己不知道。

「在那邊！」先生用手指一下。

我笑一笑跟先生說聲：「謝謝！」他穿著非常不起眼，以為是學校工友。

幾步路看到「兒童文學研究所」牌子掛在樓前。知道位置之後，我比較安心，循原路走出去，我朝先生點頭微笑，他也笑一笑。

臺東的街道並不熱鬧，卻讓我有好感。吃過早餐，喝一杯咖啡等時間。心中壓力很大，一直猜測口試會是什麼狀況？我想得很遠，父親曾對我搖頭嘆氣，說我戴不了方帽子，但現在有機會念研究所了。

莫約八點半進到學校，口試應試的考生，幾乎都是女生。彼此是競爭對手，卻也稍稍相互關照。看大家非常聰明，胸有成竹的樣子，我更加忐忑不安。為掩飾心中緊張，我臉上一直浮著笑臉。

我是第二批口試考生，當與其他人一起進入考場，我暗吃一驚：「那主考教授，不就是我早晨遇見澆花的先生。」

這是我與林文寶老師一段奇妙的邂逅。當下在想有沒有做出對先生不禮貌的事。所裡老師問了許多問題，這些日子以來將兒童文學相關的論文好好研讀一番，大致還能回答。

當老師問：「你為什麼要念兒童文學研究所？」

我非常肯定的回答：「我一生要以兒童文學為職志。」

當接獲入學通知單時，我有點不可置信自己真的要念研究所。就這樣我進入兒童文學的門內。

畢業多年之後，有一次我跟老師話家常時，他告訴我：「當時有老師反對錄取你。」

「為什麼？」我問。

「因為你是軍人出身。」

「為什麼又讓我入學？」

「同樣，因為你是軍人？」

「為什麼？」我好奇再問。

「兒童文學研究所應該接納不同身分的人，這樣才會多元。我這裡從未有軍人背景的學生，所以特別讓你來讀。」老師回答。

就學期間，老師許多觀念給我影響很大。我記得第一堂課他發下講義之後跟我們說：「進入研究所，我能指導你們什麼？能教大家的就是研究方法和研讀書籍。」

這句話很受用，有了根本的學習基礎，無論做哪方面書寫都可以深入。在學校期間乃至畢業至今，我掌握這個觀點，進行創作還是研究都相當受益。

「研究方法和研讀書籍」變成日常的一部分，這種學習生活讓我日子過得很充實。

在學校期間，老師為我再開一道門。當時他被推選為「中華民國兒童文學學會理事長」，需要一位秘書長協助會務推行。

他曾問過許多人對於這職務的興趣，似乎沒有人願意擔任秘書長。兒童文學學會秘書長是事務推動主要工作者，大小繁瑣的業務必須承擔，也僅有一名秘書一起做事。

起初我不知道秘書長要做什麼事？老師問我要不要接任，我當下沒有表示要還是不要，只說想一想。

「你住臺北，學會也在臺北，有一些會務你可以就近處理。秘書長你來接任。」在老師的研究室裡，他說起這件事時，我擔心我這兒童文學界新手真能做這件事嗎？

思考的時間沒有太久，決定先做再說，不做怎知道行不行，當天晚上我就跟老師答覆：「我願意擔任秘書長。」

他很高興，告訴我：「機會給你了，自己把握。趁這段時間趕快認識兒童文學界的長輩、作家和學者。」

我有點高興，卻又更加忐忑。我保持一個信念：「做！就對了！」當時學會處在一個青黃不接狀態，尤其財務吃緊，推動會務不易。我想了好久，若要學會順利發展，一定要辦活動。我籌備各種短期培訓，作文師資培訓班、童話創作班、童詩創作班等。

當時升高中考試，取消作文，作文不被重視，導致學生寫作能力低落。我決定辦理作文師資培訓班時，老師沒有反對，反而放手讓我執行。

沒想到才辦兩期，教育部忽然宣布恢復考作文，參加作文師資培訓的學員一下滿額。前後一共辦理十幾期，學會的財務才漸漸充裕。

這段時間學會還辦理各項研討會。猶記得當時在臺灣文學館辦了一場研討會——「臺灣少年小說研討會」。這是臺灣文學館成立以來第一場研討會，卻是兒童文學作家李潼公開的最後一場演講。

往事歷歷，老師給我影響很大。他開第一道門讓我進入兒童文學研究所；他再開第二道門讓我為兒童文學盡心力，然後累積資源鋪墊我要邁步的方向。

我只是老師眾多學生之一，與其他人比起來並不出色，我卻是有心經營兒童文學的力行者。

當年老師帶領大家進大陸與各大學進行學術交流，老師更是常常在大陸散播兒童文學理念，至今我還在跟著他的腳步走進大陸來。他的腳步踩得深，我在他深印的足跡往前走。他已不只是為我開門，還讓我循著他的步履前進。

「愛兒童，愛文學」這是兒童文學學會成立的宗旨，老師是個實踐家，將這句話做得最透徹。我願也是實踐家，將這句話一輩子做下去。

「一輩子努力的方向」
——兒文所教我的事

施養慧

民國八十八年，新婚不久，我就陪著外子翻山越嶺，從臺北到臺東就職。那時的我，除了努力當個稱職的家庭主婦外，只需照顧跟了我多年的狗。

當我適應臺東的生活後，便開始想學點東西，某天靈機一動，上網一查，發現臺東大學竟然有個「兒童文學研究所」。

「世界上怎麼會有這麼好玩的東西？」這是我第一次聽到兒文所的反應。

當時的我對「兒童文學」四個字一知半解，但這四個字卻深深的吸引了我，因為我一直對兒童讀物非常有興趣，卻總覺得這麼大了，還喜歡兒童的東西，似乎有點難以啟齒，想不到這些東西不但是一門學問，而且還有研究所可以讀。

欣喜之餘，想去叩門，卻又不敢貿然行動，想了一晚，隔天還是鼓起勇氣去了兒文所，請教兒童文學在學什麼？以及報考需要具備什麼資格？

我的運氣很好，回答我的是當時的所長林文寶老師。一頭短髮，穿著短衣短褲、小背心，外加涼鞋的阿寶老師，知道我的來意後，和藹可親的說：「很簡單啊！你先來上暑期先修班，看看兒文所在學什麼，有興趣再來考，考上了，暑假上的課就可以抵學分。」

那是我生命中的魔法時刻，當我踏進兒文所的那一剎那，便一頭栽進兒童文學的世界，從此深深著迷無法自拔。

經過阿寶老師的指點，我重新當起了學生，記得那時上了洪文珍老師的少年小說賞析，第一次聽到第三人稱觀點、全知觀點這些名詞，我才驚覺原來書可以這樣看，小說可以這樣讀，我下定決心，一定要成為兒文所的學生。

儘管我不是文史科系畢業的學生，對兒童文學也一無所知，但憑著兒時的記憶，我知道自己喜歡這些東西，好好準備是有希望的。況且，我想再接觸兒時的友人，更進一步的瞭解他們，無論是有著通天本領的孫悟空、狼孩子毛格利、愛花的牛費迪南、令人心碎的人魚公主、風吹來的褓母包萍、騎鵝的尼爾斯、冰海小鯨……這些兒時的友人，一直在彼岸召喚著我，為我加油。

經過一番準備，我終於如願進了兒文所，兒文所彷彿一條流向大海的溪流，指引我們游向兒童文學那片汪洋大海，而我就如一條甫從水窪游出的小魚，一進溪水後，世界突然寬廣了起來，我一邊好奇的看著溪裡閃爍的石子、碰觸柔軟的水草、欣賞波光粼粼的河水；一邊隨著小溪的彎度，調整自己的方向，我戰戰兢兢的游著，因為身邊的游魚，無論是鮮豔張狂者，或是曖曖內含光者，都有著令人稱羨的本領。

我在溪裡隨著老師的指引，搖頭擺尾的前進，時而欣喜，時而困惑，游著游著，前方突然辦起了大拜拜，一年一度的「兒童文學研討會」召開了，雖然學生們都戲稱那是一年一度的大拜拜，但我喜歡那種場合，那是個集合出版界、作者與學界的盛會，甚至連對岸的學者，都是與會來賓。

那個令人熱血沸騰的盛況，至今想來還歷歷在目，它讓我覺得兒童文學不只是個空泛的理論，而是個真正的行業，早在我進入兒文所之前，就有一堆前輩，在各自的領域獨領風騷，這是個蓬勃的產業，有著令人嚮往的未來。

坐在台下的我，仰望著台上的李潼、桂文亞、林世仁等前輩，總是既羨慕又崇拜，尤其是李潼，他不但年年參加，談起話來連眼神都會發光，他對兒童文學的熱愛，早已壓過他帥氣的身影，雖然我不曾上前向他致意，他也不認識我，但他的精神一直是我的典範。

寒假，我們還去了北京、瀋陽與哈爾濱，看看另一條河是怎麼流的？別人的小魚，已經長得有多矯健了，繼而想想自己，是否努力不夠？

兒文所給我的，除了專業知識的傳授與眼界的拓展外，還有來自師長們的關懷。也因此，畢業後，阿寶老師還會想起遠在異鄉的我，問起我的近況；畢業多年，我還可以得到杜老師珍貴的講義、得以旁聽張子樟老師的課。

這三位老師都是兒文所前後期的所長，他們不約而同，身體力行的傳達「一日為師，終身為師」的理念，這就是臺東大學的兒童文學研究所；而我，就是所上的畢業生。

畢業至今，已整整十年，我很高興自己沒有忘記老師的教導，一直在通往兒童文學的河裡游著，兒文所指往的那片汪洋大海，是座需要攀越高峰才能到達的一片寧靜海，我需要不斷的逆流而上，掙扎著往上爬，才有攻頂的機會，就如兒童文學界的前輩林良先生的作品〈駱駝〉談到的：「只知道不停往前走，從來不問，到了沒有？到了沒有？」

在此藉著兒文所搬遷的機會，向所有教過我的師長致謝，感謝他們的指導，讓我找到一輩子努力的方向，我會繼續的往上游，而且不問到了沒有？

重溫作夢之地：
巷弄裡的那間所辦

黃百合

蠟筆盒的故事

二〇〇二年夏天，我們從臺灣各地出發，不約而同地來到有著藍色果凍海的臺東，來到心嚮往之的兒童文學研究所。當時，所長阿寶老師請我們互相自我介紹，發現我們來自不同科系、背景，就像十八枝不同顏色的蠟筆，準備一起彩繪我們的兒童文學夢。

作夢的開始，就是所辦裡的那面樓梯牆。樓梯上放著一盒蠟筆，供我們盡情塗鴉，想畫什麼就畫什麼，沒有畫壞了的負擔（因為畫壞了，反正過一陣子後就會重新油漆），也不會有美醜的評價（如果真有評價，那就是畫的美就讓人賞心悅目，畫的醜才能鼓勵更多人來畫哪），還可以幫別人的畫加碼、加戲，今天你加一筆，明天我追一畫，自然而然成了一大幅的角落風景。

回想起那面樓梯牆，對於初到陌生環境，得應付住宿、打工與課業的我們來說，不失為宣洩情感及紓解壓力的好方法，而圖畫的內容，不僅是瞎掰故事的好題材，也是讓我們從陌生人變成好朋友的交流園地，直到畢業後，每次回到所辦，都忍不住畫上幾筆，留下到此一遊的紀錄呵！

當我們同在一起

一般來說，念研究所，總是得望塵莫及地追著一堆理論跑，不過所上老師的教學風格各異其趣，像阿寶老師要求我們分組報告，但報告不是為了要有結果，而是要我們勇於提問，而且至少得提出三個問題才罷休；而楊老師則是要求每堂課的上課內容都要錄下來，每人輪流打成逐字稿（一種連發語詞、口頭禪都不能省略的超詳細紀錄），現在翻閱過往的逐字稿，真是苦中帶甜的回憶哪！

相較於理論，來插花，噢不，來駐校的客座老師黃春明也不遑多讓，無意間翻到他開「兒童戲劇」課的手稿，寫著：「哪一個會走路的小孩，不是從跌倒、跌倒、一再跌倒開始？哪一個會游泳的人，不是從被水嗆了幾口，甚至於喝飽了水開始？……我來跟大家上課，不想從這方面理論知識的課本開始，我要試著和大家一塊，從無到有，來經驗一齣兒童劇的演出。這一個過程，除了實際上的經驗之外，一些自然隨機的，也就是有機性的，不是被抽離出來的理論知識將衍生出來，也讓我們活生生的，從理論知識的母體上，體認抽象的理論知識。」後來，果然生出了《掛鈴鐺》這齣戲，記得公演前那陣子，一群人在所辦沒日沒夜地做服裝、道具、彩排等，忙得人仰馬翻，只差沒跟老師翻臉呵！

幸福的大桌子

不能翻臉，當然也不能翻桌，因為所辦裡的大桌子常常放著我們重要的「食糧」。食糧來自於老師們會把別人送的點心、喜餅等放在大桌子上，供我們這些嗷嗷待哺的學生們享用，而阿寶老師也會三不五時進來跟我們串門子，不過，最好在他檢查大桌子上有沒有食物殘渣之前，趕緊——溜啊！

除了食物分享桌，所辦裡的大桌子也是我們小組討論的好地方，在這個開放空間，我們可以暢所欲言，講到激動處，聲音不自覺愈來愈大，恐怕外面不知情的人經過，還以為我們在吵架呢！

我想，所辦裡的大桌子看著一屆屆的學生在這兒聚會、討論，直到畢業，應該跟我重返所辦時一樣，有種莫名的惆悵，但也有種曾經美好的幸福感受吧！但願兒文所舊校區邁入歷史後，新校區能帶領著兒文所師生繼續前進，讓夢再發生。

在兒文所讀書

鄭丞鈞

在兒文所讀書，已是十多年前的事情。

或許有些事刻意遺忘，對臺東師院的許多細節已有點模糊，但我永遠記得，如果站在中華路的校門，兒文所的位置在右手邊——那是我心中認為最安全的地方，如果我要找尋溫暖，找尋慰藉，只要悶頭往右邊走就是了。

那路程不會很遠，有時會在校園經過幾輛安靜的汽車，有時要穿過幾棟現在都回想不起顏色及模樣的大樓。我的腦袋常像數位相機，喜歡東看西看、東記西記，這些吉光片羽，都是我日後寫故事的好素材，但這時的我，就好像啟動「背景虛化」的功能，什麼都看不清、什麼都沒在看，心中殘存的意識，就是拖著兩條腿快步向目標前進。

最後我會來到運動場。

那運動場我不知走過幾百遍，每次到兒文所都會經過它、穿過它，但現在回想起來，只記得好像傍晚有很多人在那裡打籃球，球場邊或籃球架下總堆了好多保特瓶，至於那球場的模樣、大小，及用途，我印象真的很模糊，就好像我現在有點不確定兒文所旁，是不是有座游泳池？

我曾因為修習教育學分的關係，在學校游泳池裡，跟著當時的老師，及其他萍水相逢的同學們在那裡游水。不過我真的有點不敢確定它就在兒文所旁邊。記得有一次我們上杜明城老師的課，上課時，他頭髮還有點溼溼的，他還說他耳朵有點進水，於是一邊輕敲腦袋，一邊說他在學校游泳池學游泳。

杜老師，你游水的地方，是在兒文所旁，有著灰色（？）高牆的裡頭嗎？

不過能不能得到答案我不心急，因為我的目的不在那兒。原本漫不經心的心情變有點急迫，是因為我只想趕緊拐個彎，只要一彎進那條有涼蔭的小巷，一切就豁然開朗，兒文所的大門，階梯旁的幾棵樹，雲淡風輕在那兒等我。

然後我的眼也不瞎了、耳朵也聽得清楚了，好像來到桃花源，還是霍格華滋魔法學校，我整個人「活」了過來。

其實去兒文所還有條小路，就在走出大門，踏下階梯的左方，有條夾在圍牆邊，像舞臺「貓道」的窄長通道。

有一次又瘦又乾的我，像個煙鬼一樣的在兒文所臺階上抽菸，我貪饞的吸著，突然一位高大帥氣的教研所男生，如童話故事中騎著駿馬的王子，神奇的從那條通道出現了。寒暄了幾句才知道，原來那裡有條小路。帥氣的男生走了之後，我三步併兩步的前去探勘，才知道那兒有祕密，之後也曾從那裡走過幾次，只是那條路太窄太直太過封閉，不適合我這小裡小氣、又喜歡異想天開的人，於是試了幾次，就放棄了。

會提到那條通道，是想說兒文所的頭上還有個教研所。不過我真的對那裡也很模糊，即使我曾在那兒修了一年的課。

還是回到兒文所吧。

兒文所是我「巴」著不走的地方；不太大的東師校園，我的心裡只有它。

我參加過它三次的入學考試。十餘年前第一屆碩士班招生時，我還是備取第一名落榜。記得在進行複試時，是五個考生一同口試，那時測試的方式讓人很擔心，因為老師們會要求你從桌上找一本繪本來讀，接著他們就不斷在你們背後繞圈圈，好像隨時要從背後暗算你一般。我那一組五個人當中有三位是臺大畢業的：一位讀歷史、一位讀中文、一位讀森林，記得還有一位是游鎮維。大家實力堅強，人才濟濟，而且不知是那位讀森林的，還是哪位仁兄說要把兒童文學帶回給山中的孩子，讓在現場的我不知所措、無言以對。只是悲慘的是，放榜後我居然備取沒上。當時我住在臺北民權東路一棟國宅的十四樓，當我得知落榜後，我立刻——不是從頂樓一躍而下，而是搭電梯下到一樓，然後嘴巴含著菸，像動物園裡得精神疾病的動物，不斷在中庭繞圈圈。

唉，白頭宮女話當年，囉哩囉嗦，又不知所云，反正最後我終能進到兒文所，而且是就讀第一屆暑期班（湊巧的是，班上有位女同學，她竟然是第二屆碩士班備取第一名落榜的）。終於湊到了一個「第一」到兒文所，我心中可是得意的要命，意氣風發還兼披頭散髮——一年後才知道，有位女同學因為見我留長髮，像個痞子一樣，所以一整學期都不敢跟我說話。

第一學期上課的前一天，就深深感受到兒文所的善意，在那位像個鐵漢的「阿伯」講解下，偌大的空間及所有資源，都全供我們二十五人使用。

自此以後，我就像「尼莫」回到珊瑚礁一樣，優游自在，快樂得不得了。

如何快樂法？舉些例子讓你知道——

炎炎夏日兒文所裡有免錢的冷氣吹，一樓有一整排可上網的電腦及印表機免費使用，我們於是把那兒當免錢的網咖，理所當然的用、理所當然的印。

還有那一整排的書櫃，以及數量多到讓人驚奇的藏書，都可以借回去看。記得最清楚的是，我搬了整套艾西莫夫的科幻小說回宿舍看。感覺這裡除了像網咖，也像免錢的租書店，懂得感恩圖報的我，於是在暑期班網頁上大肆宣傳讀兒文所的好處。

更誇張的是，在兒文所混久了，我開始覬覦教室裡的藤椅。因為屁股沒肉，上課鐵椅子坐久了屁股發疼，於是趁老師不用，一把將那藤椅子拉過來用，光明正大又理所當然。

當時年紀「小」，很多事情不明瞭，現在回想起來，才知道那些物資其實都被施了魔力。所以兒文所裡頭，所有東西都是活的，都是被活用的。

君不見教室裡永遠都那麼乾淨、整齊，幾乎是一塵不染。

前一晚大垃圾桶裡，明明被我扔了好幾片湯汁淋漓的西瓜皮，怎麼一早又恢復成和藹可親的模樣？

還有那些戶外教學課程，永遠是那麼寓教於樂，那麼大飽眼福、大飽口福。

我不曾意識到，我像花果山的猴子過得那麼愜意，很多都不是理所當然、渾然天成的。直到有一次，我的同事愁眉苦臉的跟我說，怎麼她讀的碩士在職專班這麼苦，一點都不像我所說的那樣歡樂？

她沒有去吃牛肉麵、切仔麵、羊肉爐等特產，所以書讀起來沒滋沒味；她沒有去童玩節、去綠島浮潛、去大陸等地考查，所以無法行萬里路、讀萬卷書；她更沒機會像我這樣，一絲不掛的陪著梅子涵、朱自強老師到男湯泡湯，讓師生間除了那條白毛巾之外，完全沒隔閡、水乳交融（記得那天，梅老師還不忘在知本老爺酒店裡，考我學問、考我常識——他一臉認真的問：怎麼這裡蒼蠅那麼多？老師的大哉問，逼得我這當學生的支支吾吾、面紅耳赤）。

然後我才恍然大悟：第一，他讀的不是位在有太平洋熱帶風情的兒文所；第二，我在兒文所那幾年過得那麼逍遙自在，獲得的資源那麼豐沛，一切都是因為那位「魔法師」的關係。

他還沒有遇到一位能呼風喚雨、有遠大志向，還有寬闊胸襟的「魔法師」。

三十多年前，我國小時，曾在電視上看過好多次迪士尼（那時叫迪斯耐）的「幻想曲」。我為了延續小時閱讀兒童讀物的熱情，立志要考進兒童文學研究所；然後我像卡通中的米老鼠一樣，來到一個充滿魔法的地方。

只是我比米老鼠幸運太多，我不用抬水做苦工，我反倒像一隻被寵壞的天竺鼠（還是楓葉鼠、倉鼠？），在兒文所撒野或撒歡。當然有時太放肆，這位一手托起兒文所的魔法師，也會輕輕提點我一下（就像米老鼠被他的師父用掃帚打屁股一樣）。

比如第一年暑假，我有一次蹺課回臺中，我一臉竊喜，得意忘形的走在兒文所外的籃球場，怎知，無所不在的魔法師居然降臨在球場中，他鄭重的告戒我，一定要向任課老師請假。

整個過程可能不到一分鐘，可是他無限的法力果真讓我成長迅速，尊師重道的觀念從此深植在我心中。不知是第二年還是第三年的暑假，我在臺東師院的電梯中，向一位跟著我們暑一一同修習行動研究課程的師院老師問好，她驚訝的問我讀哪一個系所，最後她感慨的說：大學部的學生從不向她打招呼。

這就是大師的法力，以及大師對我的影響。

十多年後的今天，我擔任國小導師職務，自己有一小間教室，還負責照顧二十幾個小蘿蔔頭。但和十多年前的兒文所比起來，這教室的法力太Low，一切都太沒秩序、太過髒亂，老師沒法度、沒氣度，最後是沒風度，所以不管是老師還是學生，大家都在勉強度日。

然後我更能確定，兒文所處處有這位魔法師所下的咒語及結界，也因此那些看似平凡的東西，有了不平凡的表現及不平凡的規矩。

叨叨絮絮又不按條理的說了一些十多年前的回憶，以及這十多年來的感想，其實我想說的還有很多，只是字數已達三千字了。我不清楚我們以前就讀的兒文所現在變得如何，但它給予我的點點滴滴，我永遠記在心中。我的個性較彆扭，所以我不會像聖鬥士星矢那樣，慷慨激昂的大喊：「燃燒吧，我的小宇宙！」但我的小宇宙確實是由兒文所那兒傳承過來的。有一年我參加第二十屆九歌現代少兒文學獎頒獎典禮，林文寶老師在會場上說，舉目望去，得獎者幾乎都來自兒文所，原本畏畏縮縮、彎腰駝背的我，立刻在座位打直，想跟著附驥尾、沾光榮。而最後要說的是，我要謝謝十多年前兒文所的庇蔭，也要謝謝林文寶老師照顧，在我眼裡，十餘年前的那所兒文所，是與老師重疊的。

記得當時

林德姮

一、臺東的清晨連接臺北的夜

記得當時，二〇〇一年考上臺東大學兒童文學研究所暑期部，四個暑假，每個星期日晚上十點多在濃稠的黑夜、地下化的臺北月台揮別先生與幼女，牽繫著對他們父女倆的不捨與愧歉心情登上火車，一夜難眠，翌日星期一清晨，莒光號列車飛奔在花東縱谷，車廂中裝載著迷濛睡意與晨光甦醒的交融氣息，在臺東車站下車，拖著簡單行囊與厚重書籍，直奔臺東大學中華路校區，展開一天六到八小時的學習課程。

臺東的清晨連接臺北的夜，為人妻母與身為學生的身分交疊，以成人為中心與處處為孩童的思考轉折，假日的慵懶與學習的奮進，柴米油鹽與學術文字的區隔，就像漫畫中典型人物的變身歷程，扯心掏肺卻也痛快激越，痛楚與亢奮並存，至今，我都深深的回味著那約莫十五分鐘的交疊轉換，從臺東車站步行到中華路臺東大學兒文所，這個過程就像穿越《愛麗絲夢遊仙境》的兔子洞吧！從單調的日常生活進入神奇魔幻的冒險歷程。

二、學習的聖殿

來到這個學習聖殿的人，都有一種無可救藥的浪漫與癡心，對文學、對孩子，在追尋的過程中，看到天真與執著，在屬於自己的一方樂土中耕耘培植奇異品種的花草，當時，兒文所所長林文寶先生，以他慷慨大度，收藏這些交錯層疊的歷史史料以及鼓勵奇人異士天馬行空的研究發想，我們有著臺灣唯一「兒童文學研究所」的稱號而驕傲，有著真誠為孩子閱讀、研究、創作的心意而自豪，這樣熱切溫暖的胸懷吸引更多同樣想法的人才在此相聚。

走進兒文所的人都會找到一處舒適的角落，或自處、或三兩相聚。就像孩子進入糖果店或羅德達爾的「巧克力工廠」般驚喜，可以大量閱讀相關的圖書、文本、及研究素材、書籍，在這個空間談論交換彼此的已知、未知、與可能有的趣味與親近的路線。

「兒童讀物研究中心」收藏最多的是圖畫書，大大小小的書櫃倚放著五彩繽紛的國內外知名的圖畫書，楊楊米親和的招呼讀者投入或坐或臥的閱讀享受中，如此悠然的氣氛，餵養著每一個愛書者的靈魂。

阿寶老師的研究室及「書庫」，廣納人文學科卓然成家的著作，置身其中，如臨百川匯流的豐富充沛，急急用眼光逡巡書背上的書名作者，挑選出有興趣的書籍，努力在學海中泅泳，求知慾在此被激發到顛峰狀態，所有進入書庫的人，彷彿都會產生「有為者亦若是」的信心灌頂。

杜老師的研究室總有浪漫的音樂以及引頸莫及的各式陌生學說，進去之後再出來，總會吐吐舌頭，呼喊：天呀！讀十輩子也不可能那麼有學問。楊茂秀老師鋪滿塌塌米的研究室，童趣的繪本與哲學的思考融合，異國情調與生活藝術的美學氛圍，有著人海自由呼吸與大樹紮根成長的決定性力量，是臺灣兒童哲學與繪本趣讀的重要起源地。

而最吸引我的是兒讀中心長長的木桌，兼具質感與實用，深得讀書人的簡潔要領——「拿本書，坐下就讀！」乾脆而不囉唆，如果要帶著飲料陪讀的話，可別忘了阿寶老師的規定：「要加杯墊！」。

圍繞著這張長長的木桌，歷屆每個學生的自我介紹，就像燦爛的花火，在阿寶老師的課堂上精采綻放，所以，兒文所除了課程規劃、知識傳遞外，環境與氛圍的營造，更是潛移默化的鼓舞因子，引領研究者愉悅的打造屬於自己的珍奇花園。

三、同硯歡席

暑假，短短八個星期，我們忙著探索臺東、認識所上的同學、老師、學長姐、學弟妹，也積極的學習屬於兒童文學這塊版圖上的各個面向，像蜜蜂採蜜或昆蟲吸吮清晨第一顆清澈的露珠，更能嗅出未來日子中瀰漫在空氣中的清新甘甜。

課業壓力讓時間充滿，日子變得不一樣，而研究夥伴的討論，讓學習更增趣味，我們不只交換對兒童、對文學的思考，更聚焦在對文本的感受，學習讓對談成為彼此學術的養分，更多時候是心靈的交會與生命經驗的共舞，剛開始，彼此試探著，在陌生的節奏中移動保守的步伐，然而，在一次次相聚與一堂堂精采的口語報告，讓我們相近相識，終於可以放心、放膽在彼此的視線中展露自我，狂放的姿態即使不優美也都可以被理解與接納。

與順宏、峻堅和美華等好友的紅酒之夜，機智笑語加上誇張的肢體，我們都回到年少的單純心情，盡情享受搞怪的快樂，整晚笑到眼淚直流；惠如、佳穎、俐思、淑美、雅芬暑一同寢的情誼，在初鹿農場凝聚清朗濃郁的芬芳；有著傳奇人生的美雲姐，臺北市最平易近人、最具文學氣息的貴婦宛玲，長髮飄逸細膩害羞的敏佐，認真的馬祖女兒英琴，澎湖菊島最具文采的氣質美女佳秀，童話高手媽咪雅蘋，具有火山噴發創作力的培欽，細心幫大家製作方便攜帶通訊錄的秀英，希望為自己貝比創作不同年齡適讀作品的珮琪，熱力推動少年小說閱讀的尹歆，有話直說的嘉淩，永遠年輕的高中老師凱玲，有勇氣研究電影的佩玲，碩博士雙修的姿羽，溫婉體貼的瑞霞，率性懂生活的淑芳，都是令人欣賞的好同學。

而既是同學也是老師的文學家秋芳，在她身邊總能感受熱切的文學生命力，而我對她第一印象，始於一個臺東市夜晚露天咖啡座「小心肝、小寶貝」的笑話，之後，每每在電話中通話，總是會被她生動的話語逗得如失心瘋般笑到東倒西歪；而公元和淑娟（後改名為孟嫻）夫妻，是畢業後被動如我和兒童文學相繫的線縷，互相約定我們是永遠的夏天同學。

短暫交會，情誼如天空星斗，遙遠卻仍熠熠生輝，多年後想起，仍然會勾起嘴角的一抹微笑與心中溫暖的漣漪。我可愛的同學們，因為我們在兒文所的相遇，讓生命得到嶄新而截然不同的意義。

四、課程內外的風景

研究所的老師，各擅勝場，上課聲如洪鐘，撼動指數如雲霄飛車的洪文珍老師；教學嚴謹，評析導讀少年小說犀利精準的張子樟老師；博學綜談，開展迷人學習地圖的杜明城老師；溫柔優雅的才女游珮芸老師；充滿說講藝術魅力的楊茂秀老師；當然，還有充滿巨大精神力量場的阿寶老師，提供每個學生源源不絕的學習資源。除了本所專任教師外，更邀集國內外在兒童文學學有專精的學者到所上開課。大陸學者曾來臺進行短期教學的有：浙江師範大學方衛平教授、上海師範大學梅子涵教授、北京師範大學王泉根教授、瀋陽師範大學馬力教授、東北師範大學朱自強教授等。澳洲學者約翰・斯蒂芬斯（John Stephens）也曾來台短期學術演講，擴大研究的視野。

二〇〇三年夏天，我就讀暑三，那年兒文所的課程因為有短期開課的學者而更添不同，大陸學者方衛平、梅子涵、馬力教授，東海大學許建崑教授都在所上開課，我自己喜歡的「圖畫書」課程也終於等到游佩芸老師開了「繪本研究」這門課，而暑三也因為需要擬定論文研究主題，而更嚴謹的看待學習。

除了課堂上的討論，我們當年的康樂股長黃秋芳，更策劃了一些兼具娛樂與學術多重目的的康樂活動。秋芳說服我和淑娟，在一個課後的晚間，一起和同學們介紹我們眼中的圖畫書。

我們班上這樣的聚會一直都由秋芳凝聚維繫著，暑假課程結束後，大夥會抽空相聚，討論各自未來論文研究的方向與想法，更多成分是喜歡大夥兒相聚的歡愉氣氛。

而在暑期部所上舉辦，則是第一次，原本這只是我們研究生小型的聊書會，我和淑娟抱持著和同學們分享的心態，簡單擬定書目，淑娟此次分享的書單著意在強調圖畫書中的文字是需要被朗誦出來的特質，題目定為：〈有聲音的圖畫書〉；我則執著在突顯圖畫書中「圖像解讀」的部份，在看似簡單的圖像，其實蘊含許多巧妙設計，因為不著痕跡，所以被視為理所當然，身為研究者，不只要能看到「什麼」，還要看出「為什麼」，秋芳為我的題目命名為〈穿走在圖像的走廊〉，好一個大器的題目。

怎料，消息傳出後，有些對圖畫書有興趣的學妹們也要求開放聆聽，而當時來台短期授課的方衛平教授、梅子涵教授竟也願意撥冗參加，我們一則受寵若驚，一則緊張萬分，為了能清楚呈現圖像，特地向進修部辦公室借了實物投影機，七手八腳連接好各式各樣機器接頭，仍未能順利投影，還好林峻堅同學熱心相助，解決了連線問題，才使畫面順利上傳投影，我深刻的記得當時內心的驚慌與被解救的感恩與慶幸，有些時候生命幸福的時刻就在這樣不經意的交會中出現，現在想到都還是忍不住再向峻堅說聲：「謝謝！」。

五、圖畫書的地景

那一夜的「圖畫書分享會」就由我從《爸爸，你愛我嗎？》（文．圖／史蒂芬．麥可．金，翻譯／余治瑩三之三出版社）開始談起，這本圖畫書作者並非有名，但是他在書中一些圖文設計是很能體現做為圖畫書特質的解說，如封面、封底父子倆相對位置的安排設計，故事中父親以自己的方式疼愛孩子，如何利用圖像的細節體現，如何運用畫面景物如：風中的草、樹、鳥、圍牆、山坡稜線等烘托故事中抽象的氛圍，如：不安、嘲笑、隔閡、低落的情緒、目標確定的奮起等文字未敘述的故事情感，精簡文字與簡單圖案搭配出這樣豐富的故事內涵。

在當時，民國九十年初，臺灣圖畫書的出版業已相當成熟，引進相當多世界知名佳作，但是，有意識的圖畫書讀者卻還不普遍，大部分的成人，仍未了解圖畫書這項創作精緻的藝術性，我以這本書開場，主要希望帶領大家以適當的態度與方法用心閱讀，就能享受圖畫書文圖合作的獨特閱讀趣味。

接著我介紹毛毛蟲之父──艾瑞・卡爾（Eric Carle）的作品，他簡單的作品演示了圖畫書純粹精練的美好，反覆連綴的敘述架構，是幼兒可以掌握的趣味，繽紛斑斕的色彩及俐落的造形設計與玩具概念的聲光效果，令人讚嘆驚喜，他每一部作品都深深表達對世界萬物的愛與關懷，這樣的胸懷是最令人感動之處。

超現實的驚異──安東尼・布朗（Antthony Browne）是我介紹的第二位大師，現在知道圖畫書的人一定都讀過他的作品，尤其是成人，更會對他的創作深深著迷，圖像中隱藏幽默的伏筆創造出神秘與驚奇的風格，我詳細解讀《大猩猩》（文圖／安東尼布朗，譯／林良，格林出版社）每一頁插圖的光影、色彩、細節等可能具有的隱喻、暗示，讓讀者領略在圖像與文字加乘的效果，自有繁複的層次而令人回味再三，再次證明，簡單的圖畫書其實並不簡單。

當天，我還簡單介紹了派翠西亞・波拉蔻（Patricia Polacco）、艾德・楊（Ed Young）、克利斯・凡・艾斯伯格（Chris Van Allsburg）、約翰・伯明罕（John Birmingham）、李歐・李奧尼（Leo Lionni）、昆丁・布萊克（Quentin Blake）等大師重要作品。

而淑娟也從有聲音的圖畫書一本一本介紹如：《TWO CANTOU CAN大嘴鳥「兩罐」的故

事》（文圖／大衛・麥基，阿布拉出版社）、《The Little Mouse, The Red Ripe Strawberry, and THE BIG HUNGRYBEAR》（《誰要吃草莓？》作者：奧黛利與唐・伍德，譯／黃迺毓，維京出版社）、《Tikki Tikki Tembo》（Arlene Mosel/Blair Lent），這些書的文字，經過朗誦形成特殊的意義與趣味，當時尚未翻譯成中文，我們覺得新鮮驚喜，而淑娟翻開艾瑞・卡爾《好安靜的蟋蟀》書中最後，蟋蟀真的發出「唧唧、唧唧唧唧、唧」的愛之歌，讓很多人初次見識到圖畫書的多樣有趣。

經過短短兩個小時的分享，將圖畫書欣賞的地景拉開，同學們除了少年小說、童話、童詩等文類欣賞外，似乎對圖畫書的解讀已經提升到「不容小覷」的敬重心態。秋芳好友碧春更是悔不當初，因為他們曾經在搬家時，將一大堆日文圖畫書送人或稱斤論兩的賣給回收商，無奈徒呼：「真是不識貨呀！」

不僅同學如此，當天聆聽完整場分享的方衛平教授，更驚訝的表示：「本來我以為自己對圖畫書是只有這麼一點兒不大了解，」他先以食指、拇指比出一扠的動作，「現在聽完你們的分享，我覺得對圖畫書是有這麼一大段不懂了。」對比之前的微小，他誇張的用雙手在胸前比出一大段距離，謙虛的表示大陸對於圖畫書的認知，還有一大段需要追趕。

的確，當時圖畫書的學術研究相當缺乏，有勇氣選擇圖畫書當做研究主題的人也不多，雖然很辛苦，但因為喜歡，一切都值得。畢業之後，也因為阿寶老師不時的提供機會外加催稿督促，讓我在這條體會的路途上仍能一步一踉蹌的跟在隊伍中，繼續追逐圖畫書迷人的地景。

六、臺東盛夏的冒險

四年臺東的盛夏，對於個性拘謹的我，無疑是人生中最大的冒險。在臺東最常走的冒險路徑，是宿舍到兒文所的那一線路程，我記得，一個人，早一點兒進所辦，會遇到早起的阿寶老師，看到他研究室門開著，就躡手躡腳的像貓一樣找個窩躲起來，可是又得豎起耳朵，怕他出來發現了我，四目相對，不知該說些什麼。

有時，一個人，晚一點，上課鐘響之前，在球場上會偶遇杜明城老師，看著他急匆匆的從大門方向走來兒文所，晨光中的微笑，讓人無法假裝沒看到。

這些相遇，之所以稱為冒險，是因為自己在心中一道無法跨越的鴻溝，我無法克服和老師單獨談話的恐懼。

然而因為論文，必須要有的討論與報告，只得努力揑塑自己的情緒，仍不時流露出強作鎮定的僵硬，謝謝兩位老師的寬容相對，讓我完成除了過馬路不走斑馬線以外的人生大冒險。

種種回憶聚集，兒文所那棟建築，成了臺東盛夏最明亮的光點，照亮我生命中最快樂的學習經驗，除了感謝還是感謝！相信我們，永遠記得當時……

母土上的燈火，何曾闌珊

原靜敏

一、再上層樓的緣起

今年五月十七日上午八點到下午五點，天津師範大學文學院舉辦比較文學與世界文學專業博士學位論文答辯會，當時七個博士候選人中有一個臺灣飛去的學生。經過激烈答辯與評委最後表決，由擔任主席的南開大學文學院長王立新教授正式宣讀：「……全文論點明確，論文做了很好的材料工作，文本分析細致，表達流暢而富有情感色彩……，經全體委員無記名投票，一致同意其通過答辯，建議授予原靜敏同學文學博士學位。」

我，就是那個唯一的臺灣學生。

一小段宣讀，讓我喜悅；評委的青睞，讓我自以為沒有失掉過去在臺東大學兒童文學研究所學習的格調；特別是委員之一的前院長孟昭毅教授，在各篇博士生論文宏宏大述中，唯獨我耙梳兒童文學，從原先的質疑到肯定，竟拉票似的，向現場委員說道：「三年前，他們臺灣來了五個學生，這個原靜敏啊！我覺得她對文學的見解特別有水平，能短時間寫完論文，今天來參加答辯，我一點兒也不感到意外，我相信她是臺灣兒童文學教父『阿寶』老師的高材生……。」

受孟老師抬舉，在進行論文簡介與答辯之後，皆有研究生向我借閱論文。孟老師以為我是阿寶老師的高徒，實在是「美麗的誤會」；阿寶老師的學生不論評論或創作出類拔萃者所在多有，而我僅僅是他門下學徒之一，但，今天能得到更高學位，絕對要感謝阿寶老師的理論訓練和臺東大學兒童文學研究所的栽培，沒有兒童文學研究所及老師們的指導，我絕無可能拿到博士學位，更不會以學術交流的方式，向彼岸推廣臺灣兒童文學。即使，那只是一個微不足道的引介。

二、話當年情意深重

拿到學位，最先向我的第一位指導教授阿寶老師報告，沒想到同時接獲研究所搬家的消息！舊學區將走入歷史，彷彿被滂沱雨豆擊打，我心頭一震，繼而浮現十年前，我白天在國小代課，夜間到當時師院才更名為臺東大學的兒童文學研究所上課的情形。

夕陽沒入山後，夜幕臨下，一群人懷著重做學生的情怯，走進堪稱臺灣兒童文學研究「重鎮」的研究所大樓，以陌生或全新的視野展讀兒童文學、關注兒童文學的發展及動向。

同學半數以上是自師範院校畢業的中小學老師，給人感覺比較嚴肅拘謹，等到接觸兒童文學，彼此漸漸熟識，臉上緊繃線條卸除，心花開，都像四、五歲的孩子那樣容易發笑。

即使過了十年，同學們齊聚一堂的景象依舊清晰，最初接觸兒童文學的機緣也許不同，但信念相仿：

化工系畢業的素芳，喜愛兒童文學，希望到研究所找到兒童文學的源頭。

教國中英文的文玲和建惠，能閱讀西方兒童文學原著，期盼有朝譯介本土兒童文學，將作品推向國際書展。

自稱就要從國小教職退休的淑珠，因為熱愛兒童，所以投入兒童文學研究。和她一樣是國小老師的逸青，也積極推廣兒童文學，讓偏遠小學的孩童受惠。馨瑩把兒童文學概念帶到山區學校，和孩子們一同享受閱讀兒童文學的樂趣。

幼稚園老師淑珠和美雲，認為兒童文學要向下扎根，把兒童文學的種子播入幼兒的心田。學音樂的明姿，希望結合音樂和兒童文學，延伸藝文的觸角；無獨有偶，有藝術天分的敏惠，也在創作中添加兒童文學元素。

熱情催生兒童文學閱讀的國將、師宇、慧萍和豐味，具有文學人氣質的坤芳、號稱「愛國浦詩仙」的逸明，參與兒童戲劇演出的意晴、上課專注的孟蕾等，都因熱愛兒童而研讀兒童文學，期望深化文學內涵，轉化教學，讓兒童在文學的浸染中，心靈更加純淨。

思路清晰的記者敏煌和浪漫的金霞，因從事文化工作，很自然地將兒童文學做更具體的推廣。

行事低調的養慧，受兒童文學啟發，創作才能顯揚，十年後的今天，果然成為兒童文學作家，讓身為同學的我們與有榮焉。

研究所因我們這群夜校生的到來而燈火通明。那熱鬧的招呼和學術討論，讓我想起「神隱少女」中的「千尋」，躡手躡腳溜進湯婆婆的「油屋」試圖找回自己名字的場景；我也這樣，企圖在兒童文學的藍圖中，發現它的光亮和前景。

三、講桌前的大師群像

促成我們為兒童竭盡心力的推手，自然是所上那些特別不平凡的老師們——在講桌前，滔滔講授各國兒童文學的發展史、評論以及兒童文學創作專業，讓大師形象更鮮明。記得：

短褲、趿涼鞋，自信而逍遙地穿梭在教室和研究室之間的阿寶老師，精通專業學術，簡直是活動圖書館，學生有問必答。

杜明城老師講授《小癩子》、《高老頭》或《追憶似水年華》，彷彿王小玉再現，那眼神裡的熱情，透過鏡片和日光燈折射，光彩熠熠，吸引力別具。

感覺敏銳的楊茂秀老師講授兒童哲學和繪本研究，讓學生自由發表，但不問是與非。師生互動，呈現後現代的解構，卻又體現小津安二郎〈秋刀魚之味〉的況味。

讀兒文所之前，已拜讀游珮芸老師在《星月書房》翻譯的筆觸，真正上了她的課，「人如其文」的印證恰如其分，她的談吐和文字一樣含蓄而散發餘韻。

張子樟老師也是所上一絕。印象很深的是那年燠熱七月的夜晚，我的「口考」現場出現幾十位觀眾，皆是張老師暑期部的學生，足見張老師對口考的重視。張老師提問，嚴格又專業，儘管讓我語塞，卻奠定往後我嚴謹寫作評論的自我要求。

此外，所上邀請的專業導演、作家的講座，場場珍貴，讓我們受益良多。

四、宴席雖散，相遇的美好卻在記憶裡永恆

兒童文學研究所是孕育創作、評論與推廣人才的母土。因為這塊母土，所有的邏輯可以「用水調和，重新和泥，重新再做」；因為這塊母土，我們的兒童觀大翻轉，格局不再拘泥；因為這塊母土，我們從「心」看待自己曾不被理解的童年；因為這塊母土，周遭一景一物都色彩斑斕；因為這塊母土，我們嘗試評論兒童文學，讓不了解兒童文學的成人了解兒童文學，並愛上兒童文學……。

每一個學程，都記載智慧的增長。曾在東大兒文所學習的美好與快樂，如今仍在海馬迴溫熱的熨著。感謝那段時空裡所有的相遇。那些影像與色澤，從未隨著時空的逝去而顯斑駁……。

旅程就這麼開始了

岑澎維

一九九七年，一則消息吸引了我：臺東師院成立兒童文學研究所，並開始招生。

那時候，我正要生孩子，不能輕易做決定。我把報紙放下，新聞卻一直留在腦子裡。

幾乎是和研究所同時誕生的女兒，我等她到六歲，我可以稍微離開她的身邊一下，便迫不及待的去買簡章。

我還記得那是寒假剛剛開始的時候，報名就要開始了，帶著喜歡搭火車的兒子到臺東，那時候的臺東車站，還在臺東市裡面，走幾步就到師院。我們告訴警衛，要買簡章。警衛要我們到教務處去。

教務處裡大門深鎖，警衛幫我們打電話到辦事小姐的家裡，看她能不能出來幫個忙。但是電話一直沒有人接，於是我和兒子就到地下室的書局去看看，順便把抄來的書單拿出來，挑選考試該看的書。

快過年了，暖暖的冬天裡，書局裡冷冷清清的。一個小時、兩個小時，時間過得好慢好慢，不過，只要那位辦事小姐能接電話，我也心甘情願。

中午了，我帶著兒子去吃了一頓豐盛的午餐，獎勵他這一路不吵不鬧的陪伴。回到警衛室，警衛又幫我打了幾通電話過去，依舊沒有人接。我們回到教務處去，在走廊上來來回回的走著，希望能遇到一個能幫忙的人。

也許我可以留個回郵信封，等人家上班時，把簡章寄來給我。年假再過幾天就要開始，長長的年假結束時，順利的話，我就可以接到簡章，但那時只剩下短短幾天的時間可以填寫。我不知道寫簡章要準備些什麼，如果時間太急迫，我會沒有安全感，我還是再等一下好。

為了說服我自己再等一下，我還想到一種可能，長長的年假之後，人家還可以休息幾天再回來辦公，或者郵局也可能因為長假之後的郵件太多，延遲送到我手中——所以我值得再等。我們又在校園裡閒逛了起來。臺東的冬天，溫暖而晴朗，但是陽光照不到的地方，還是特別的冷。

裡裡外外，我們不知道走了多少遍，我們也預設好了火車班次的極限，再等不到，就留下信封回去。

就在我們幾乎要回頭走出去的時候，天使一樣的辦事小姐匆匆忙忙的爬上樓來，連聲抱歉，說她出門去辦事了，要過年了，家裡該做的事比較多，沒有接到電話，讓我久等，她很抱歉。

可是，她今天休假呀！該說抱歉的是我，但是她還是像個做錯事的孩子一樣，不停的，對於我的等待自責不已。

她迅速的拿出一份簡章給我，我對她專程跑一趟感激得不得了，並且不斷跟她解釋，我不得不打擾她的原因，她還是不停的對我道歉，讓我等這麼久。

買到簡章，心中安定了下來，也有一絲喜悅在心裡：有一段足夠的時間讓我填寫簡章了。

考完試，步出考場，我直覺是考不上的。回程的路上，我家老爺指著沿路盛開的刺桐花，告訴我有喜事了，在原住民眼裡，刺桐花開就是慶祝的時刻。

「妳會考上。」他肯定的說。

不久之後，傍晚的一通電話讓我不知道該如何應對。

「我是林文寶。」

「啊？」這是驚慌失措的我，唯一能做的反應。

「叫老師。」

就是從這一聲「老師」開始的，我的兒童文學之旅，就這麼還來不急反應，就開始了。

老師要我開始收集兒童文學先驅，黃基博老師的資料，別把整個暑假荒廢掉。

怎麼會是這樣？不是都要先經過收到成績單時，揭曉那一刻的惶恐，再知道錄取了沒有？

接下來就是千山萬水的上學去啦！重做學生感覺真好。每個禮拜，有一到兩天的時間，我搭著南迴火車，一路看著太平洋沿岸的山山水水去上學。經常是低著頭看上課的書，但是風景卻美得讓人眼光忍不住停駐在窗外。

這麼美的風景裡，我真的要去上學了？

我還記得第一次上課，大家坐得遠遠的，老師身邊空著一大段沒有人坐。

「坐集中一點，桌子的兩邊不准坐。」阿寶老師說。

「親近師長」便是第一堂課的重點。

於是大家便坐攏了，老師開始講上課的規矩。

幫老師泡茶，是其中之一，幾個早到的同學會自動做好。我們要喝茶，得有杯墊，別把桌子弄髒了。還有，桌子的兩側不准坐，因為「那裡本來就不是給人坐的」。

後來漸漸演變成不成文的規矩，遲到越久的人，坐位離老師越近。

我印象最深刻的，大概就是寫論文和老師討論的時候。

我是那種不大爭辯的人，架構怎麼訂，我就怎麼寫，老師有意見，我大部份都接受。所以訂架構是個大工程，它決定日後的方向。我的架構來來去去不知道跟老師討論了多少次，我提出看法，老師有權決定去留。所以我和老師的討論大致說來，都算平和，他有時候會生一點點氣，因為我還是不懂他的意思，弄懂了就好。

有一次，我看見一位同學花了好大的功夫要說服老師接受她的看法。老師說不對就是不對，兩個人越說越大聲，一個堅持自己的想法沒有錯，一個認為那樣就是不對。

坐在旁邊看論文的我，也被這師徒兩人的討論吸引了，這種方式，有幾位老師可以接受？我想，老師的寬宏大量就是從我們身上磨出來的，他脾氣已經有點上來了，但是自己把它壓抑下去，耐著性子解釋為什麼這樣不行，為什麼要這樣才行。同學也提出他非得如此不行的理由，你一言、我一語，在窄小的教室裡，串連起一段令我印象深刻的回憶。

老師那天心情應該受了點影響，輪到我的時候，颱風尾的勁道就展現出來，劈頭就問我：

「誰叫你改成這樣？」

「老師，是你叫我改成這樣的呀！」

「我什麼時候叫你改成這樣，你上次那樣不就可以了嗎？怎麼又改成這樣？」

我沒有跟老師爭辯，保證回去就改。我回去把原來的檔案找出來，老師點點頭說：

「這樣就對了。」

唉，真該給老師準備一瓶蠻牛！修改論文時，千萬不要一修就把檔案覆蓋過去，記得要另存新檔，以備不時之需。

「多讀書，如果你們畢業以後就不讀書了，你們就別說是我教過的學生。」這是老師在課堂裡經常的叮嚀。讀什麼書？

「讀什麼書都可以，就是不能不讀書。」

還沒有畢業，老師就叮嚀畢業後該做的事了。

畢業以後，老師還是整天擔心這個、牽掛那個。有好的作品刊登出來，他會跟著開心，也會當面讚美；作品太多，他也擔心，怕沒有寫到自己真正想寫的東西。

他要我不要胡亂接受出版社的邀約，要我專心寫一些自己想寫的東西。我因為懶散成性，如果沒有出版社編輯們的逼催，是沒有辦法自立自強乖乖寫東西的。

「好啦，我會。」

我也會想起當年老師帶著我，把我介紹給出版社主編的往事，我帶著自己的作品與主編會談，那是我第一次看到老師臉上泛著微笑，就像看到自己的孩子，第一次站起來那樣，微笑之中還有欣慰。

雖然那一次的作品，主編沒有給我肯定的答案，但是，在創作的路上，老師為我指引了方向。

一路走來到現在，老師還是在關心，不只是我，每個他教過的學生，出了什麼書、得了什麼獎，他都如數家珍，一個一個點名。

當我在創作的舞台上揮灑，回過頭再看這些，老師，竟然就是這樣，帶著我們一路走來。

我在兒文所裡，遇到日後的合作夥伴。百合與玫靜，玫靜為我在兩家出版社成為我的編輯。林小杯學姊與我合作了「找不到」系列。子魚則是帶領我進入國語日報社的人，他信口來一句話，主編就記在心裡，與我通電話，並開啟了我一路的創作旅程。

當然，回首這一切，如果不是在兒童文學研究所紮下的根，怎麼會有這一切的「然後」？想到這裡，在兒文所上課的情景又回到眼前：永遠準時的百合和從不遲到的柏森，結成連理。美麗漂亮的汶婷，除了創作，也當媽媽了。當然也有逃兵，考上公職的，但是相信在這裡的學習，就是我們的基礎，做什麼都會像什麼。

旅程早已開始，我還在旅程中，希望這一條創作的驚奇之旅，永遠不會停止。

回首來時路，圓夢此其中

邱各容

遠從一九七〇年六月自世界新專（現改制為世新大學）畢業，始終沒有機會再進大學校園，直到三十四年後的二〇〇四年，在林文寶教授的鼓勵，在林良和馬景賢兩位先生連袂推薦下，卻因為離校數十年，又不諳相關規定，衍變成「推薦信」事件，帶給林文寶教授以及所上其他教授的困擾，最後雖然通過甄試，得以進入臺東大學兒童文學研究所，一圓數十年的夢。可是這些年來，每每想到此事，對兒文所的老師的那份歉意，始終感懷在心。

以一個年逾天命之年的「老生」（五十六歲），混雜在年輕一輩的博碩士當中，顯得十分突兀。在尚未進兒文所以前，和林文寶教授是朋友關係，一旦進入兒文所，關係丕變，成為師生關係。自此而後，雙方保持亦師亦友的和諧關係。

剛進兒文所，一切尚未就緒，是以，採取通學方式，意即上課當天從臺北搭第一班的莒光號火車到臺東，當天晚上再搭莒光號火車回臺北，已經是第二天早五點多鐘，家裡的小孩開車到臺北火車站接我。在那一段通學的日子裡，所上的作業就是在火車上完成的。第二階段是前一天抵達臺東，就近在臺東火車站附近的旅舍過夜，第二天上完課再回臺北。第三階段住進學生宿舍，生活上較為方便，也是上完課就回臺北。

換句話說，兩年的兒文所生涯，就是通學的生涯，是公務員式的上課。是以，除了上課時間外，其餘和老師以及同學互動的時間幾乎是「〇」，彼此的關係就顯得比較生疏。正因為如此，更加珍惜上課時間的互動。

在通學的日子裡，學校圖書館是唯一逗留較長的處所，至少可以找到自己所要的資料，那些資料往後就成為碩士論文的基本素材。從事臺灣兒童文學史料研究工作，圖書館始終是我最常流連的好地方。那些個地方，是最好尚友古人的空間，往往找到一份珍貴的文獻資料，興奮之餘，更高興這些文獻終於又可以重見天日，而不是孤獨的被擺放在寂冷的書櫃之間。正因為如此，臺東大學圖書館往往是我到校造訪的第一站。

進兒文所之前，我有一份獲得財團法人國家文化藝術基金會補助的「臺灣兒童文學發展研究」的專案計畫，本來林文寶教授建議暫緩出版，將來可以做為碩士論文。可是該計畫內容在二〇〇五年初就已經跟五南圖書出版公司簽訂出版《臺灣兒童文學史》一書，且該書也於同年六月出版。隔年，五南圖書出版公司又出版我編著的《臺灣兒童文學年表》一書，總計兒文所兩年出版兩本書，足堪為就讀兒文所的紀念。這也是從事臺灣兒童文學史料研究的工作報告之一，同時證明研究臺灣兒童文學史料的多面相可能。除開通史、年表之外，還有區域文學史、文類發展史、作家論、作品論等諸多面相的議題可以探討。坦白說，臺灣兒童文學史料研究，還有很大的發展空間，等待大家去開發呢！

在兒文所期間，對臺灣兒童文學史料研究並未中斷，依舊一本初衷，汲汲於史料的蒐集與研究。這段期間的研究放眼於日本殖民時期，而對於日本殖民時期臺灣兒童文學的研究，除了臺東大學圖書館，還有就是位於新北市中和區的國立臺灣圖書館（前身為國立中央圖書館臺灣分館）。在完成碩士論文《日治時期臺灣兒童文學發展研究》之前，特別要感謝臺灣文史收藏家秦賢次先生的一本書，日本學者中島利郎所編的《日據時期台灣文學雜誌總目．人名索引》（前衛），就因為這本書的緣故，碩士論文才決定以日治時期的臺灣兒童文學發展做為主軸。在從事臺灣兒童文學史料的蒐集和研究，往往受惠於前人的著作或編著。之所以會出版《兒童文學史料初稿1945-1989》，是受惠於莊永明先生的《臺灣第一》（遠流），之所以撰寫碩士論文《日治時期臺灣兒童文學發展研究》是受惠於中島利郎所編的《日據時期台灣文學雜誌總目．人名索引》。是以，莊永明和中島利郎兩位，是我在從事戰前與戰後臺灣兒童文學發展研究的啟蒙師。數年前，我在臺北市溫州街南天書局將碩士論文《日治時期臺灣兒童文學發展研究》送給中島利郎，他第一句話就說：「這是他見過的第一本有關日治時期臺灣兒童文學發展的學術著作。」

兒文所兩年的浸淫，更加確信研究臺灣兒童文學發展史料的重要性和必要性。重要的是自己的歷史要自己寫，必要的是此時不做，更待何時。有些事情嚴格說來，是不為也，非不能也。十八屆的「洪建全兒童文學創作獎」，竟然連一篇正式的碩士論文都付之闕如，反觀之下，只辦一屆的「幼獅青少年文學獎」卻有一篇正式的碩士論文，這真是諷刺。

臺灣歷來所設立的各種兒童文學獎，除上述的洪建全兒童文學創作獎外，臺灣省兒童文學創作獎、陳國政兒童文學新人獎、九歌現代少兒文學獎、國語日報兒童文學牧笛獎、師院生兒童文學創作獎等，歷年來都有為數不少的碩士論文，換句話說，這些兒童文學獎的確提供不少撰寫兒童文學碩士論文的絕佳素材。這些有關各種兒童文學獎的碩士論文之所以提出，指導教授扮演相當重要的角色，林文寶教授在這方面的角色扮演，無疑的，他扮演的是催生的角色，一篇篇的碩士論文，不啻是一份份重要的文獻保存。積少成多，經年累月，不就能建構臺灣兒童文學史料豐富的量藏。

整個臺東大學從師院時期開始，兒文所在林文寶教授披荊斬棘的開創之下，他所指導的碩士論文不下參百多篇，這是經驗和學識的累積，在他的指導下，為臺灣兒童文學發展留下不少可資紀念的文獻。個人也在他的指導下，順利完成《日治時期臺灣兒童文學發展研究》碩論的撰寫，在二〇〇七年六月順利取得碩士學位同年九月，受聘為靜宜大學通識教育中心兼任講師，二〇一三年八月，順利取得助理教授資格，繼續受聘為靜宜大學通識教育中心兼任助理教授。

人生就是一個不斷圓夢的過程，進研究所、大學教書、出版史料叢書、開班授課這一連串的圓夢之旅，衷心感激一路以來幫助我圓夢的那些貴人。

那些年我待過的林文寶研究室

陳玉珊

一〇一年，
春天收到兒文所入取通知單，
滿心期待能到臺東渡假、上課。

夏天一個緣份的際遇，
我與林文寶老師見面了，
初次見面緊張程度破百，
老師微微笑與我聊聊天，
化解我極度緊張的情緒，
覺得親切，我喜歡那份感覺。

一〇一年七月十五日，我還記得這一天，
是我初次與林文寶研究室見面的日子，
我即將在林文寶研究室擔任小小的助理。
研究室裡的前輩志豪學長非常幽默風趣，
初次見他的感覺，像是阿寶老師的分身，

一樣的髮型，一樣的短褲，一樣的輕便。
他帶領我和君君一同參觀研究室，
也帶我們品嘗臺東在地美食，
就這樣，我在臺東展開新的生活。

我在研究室的日子裡，有一群固定班底，
志豪、庭薇、君君、美琴，還有我，
我們一起在研究室值班，
一起聊聊生活上的趣事，
一起佈置研究室的環境，
一起上阿寶老師的課，
一起在研究室吃晚餐，
冬天的聚餐可以加料煮火鍋，好幸福。
這裡讓我感覺像家一樣的溫暖。

很快地，
在這研究室裡已經生活兩年，

我完成了每份學期作業，
曾經焦慮地想著論文題目，
有老師和學長的陪伴與教導，
我順利完成了論文計畫書。
跟著老師可以學習不少新知，
我們曾一起開車到臺南協助新書發表會。
老師時常給予小小打工和學習的機會，
協助老師校對一些文章，
或是讓我們有機會寫故事學習經驗。
曾參與修訂一本書的過程，
一起收集資料，一起找文獻，
辛苦完成《臺灣兒童文學史》的重新校對。
曾參加志豪學長新書發表會，
和我們一起分享他寫作的過程。
最重要的大事，經歷研究室搬家大工程，
阿寶老師忙著打包數百箱書，

我們協助封箱、打包回收及整理環境。
在研究室裡，累積了不少我們的汗水、淚水及歡笑聲。

即將要跟林文寶研究室說再見了，
心裡有些不捨和難過，
但我慶幸的是我來過這裡，
我會懷念這裡，記在心裡。

「入寶山，吃飽睡飽又進寶，掏寶挖寶要來寶。」
那些年我待過的林文寶研究室，
我快樂、我難過、我感謝、我懷念。

寶大師的魔法研究室

林哲瑋

研究室

蟑螂君考進了魔法研究所，恰好寶大師剛卸任魔法研究所所長，榮升為法術院院長。

寶大師按照往例，接見了新生菜鳥。

「送你們一句咒語吧！」寶大師非常大方的送給新生一招他珍藏多年、鑽研已久的神祕魔咒：「解放兒童嘛咪轟，教育成人霹靂啪！」

「能變出什麼呢？」新入學的菜鳥魔法師、新手煉氣士好奇的問。

「以後，你們就知道了！」寶大師露出一抹神祕微笑，好像蒙娜麗莎。

進入到魔法研究所，新生們都好興奮。

不久，就要開始分派研究室了，寶大師宣稱他手上拿著一個隱形魔法牛皮紙袋，一一套在新生的頭上。

「這是會依照學生潛力分配研究室的『魔法套頭紙袋』嗎？」蟑

螂君問身旁的天清清同學。

「你……寶大師研究室！」寶大師指著蟑螂君說。

「太神奇了，寶大師的神奇紙袋，有機會我一定要問問，到底我有什麼過人之處……」蟑螂君大喊著。

寶大師的魔法研究室珍藏了許多魔法書，第一次進到魔法研究室，發現書架上有些位置空了出來。

「這兒的學生想畢業，必須完成自己的魔法秘笈……」寶大師解釋道：「許多魔法研究生都來這兒借書參考，不過，時常忘了還。」

「忘了還？」蟑螂君問寶大師：「那怎麼辦？」

「放心吧！」寶大師老神在在的說：「這些可是魔法書呢！有一天，它會提醒借走的人該還書了，然後，自己飛回來！」

「那……萬一書沒回來怎麼辦？」分配到寶大師魔法研究室，負責登記借還書的我們必須問清楚。

「那……我就可以再買一本啦！」寶大師不愧是寶大師，他對於魔法書「愛買成癖」的傳說，果然是真的！

「不在乎天長地久，只在乎曾經擁有……」寶大師露出神祕的眼神：「買書的過程，也是快樂的泉源。」

據說，研究室裡成千上萬的魔法書只是「寶大師藏書」冰山的一角，大師不但家裡藏滿魔法書，甚至還特地為了它們買了房子呢！

蟑螂君和同樣被分派到寶大師研究室的「天清清」同學忍不住慨嘆……慨嘆完，便把早餐拿出來吃！

想不到為了保護這些珍愛的書，寶大師設下了許多要求！

「這裡不准吃東西！」寶大師見狀連忙阻止，他嚴正警告：「萬一蒼蠅、螞蟻……跑進來咬傷了我的愛書，那該怎麼辦？」

「不能把牠們訓練成魔法寵物嗎！」蟑螂君和天清清同學天真的問。

「不行！不准！不可以！」寶大師頭上冒火、耳朵冒煙：「你們給我把早餐帶出去外面吃！」

蟑螂君和天清清同學連滾帶爬奔出研究室時，嘴裡正咬著蛋餅，手上仍握著奶茶，腋下還夾著飯糰，腳邊則掉了培根，這下子他們學到了……

寶大師魔法研究室規約第一條：研究室不准吃東西！

驚魂記

「這份資料很急……」寶大師有份報告必須立刻整理出來。

「寶大師平常對我們這麼好，我們應該好好報答！」天清清和蟑螂君決定挑燈夜戰，完成使命。

「我很感動！」寶大師意味深長的說：「不過你們要小心，魔法研究室越到深夜，法力越強……可能會有靈異事件！」

「不會吧……」蟑螂君和天清清異口同聲：「這房間不過是放了很多魔法書……怎麼可能會有什麼魔力？」

「要對研究室抱持著崇敬的心！」寶大師搖頭晃腦喃喃碎唸。

「是……的！」天清清和蟑螂君明白研究室藏了許多魔法書，但是，要說研究室有什麼神奇之處，實在太匪夷所思。

當晚，兩人買好豐盛的宵夜（還記得規則一嗎？他們以為偷吃擦嘴便ＯＫ，大師不在就沒事）……

「準備工作吧！」吃飽了，喝足了，天清清和蟑螂君快馬加鞭，努力工作。

也不知時間過了多久，只聽見窗外貓頭鷹尖叫聲連連不斷，黑蝙蝠拍翅聲噗噗傳來，兩人因為飲料喝太多，同時都想上廁所……

他們倆走出研究室，來到了樓梯間的門口。

「嘛咪嘛咪轟——開！」他們下了開門咒語。

但是，門沒開。他們索興拿鑰匙去轉，竟然……怎麼轉都轉不開！

「天哪！我們被鎖起來了！」

被鎖在可遮風、能蔽雨的室內，並不是什麼太大的問題——假如你不尿急的話——但是，廁所在門外邊。

隨著時間的流逝，蟑螂君膀胱愈來愈滿、愈來愈脹……

隨著膀胱的脹大，天清清臉龐愈來愈青、愈來愈僵……

神奇的是，魔法研究室外的盆栽彷彿有了生命一般……張牙虎爪的樹枝似乎要吞噬兩人，又彷彿準備催眠他們……

「尿在我身上吧……尿在我身上吧……」盆栽鬼魅般的呼喚著膀胱即將爆炸的兩人，企圖使他們做出人神共憤、魔鬼都笑的舉動——害明天上課的同學，統統沈浸在尿騷味裡！

夜半……

蟑螂君和天清清落入魔法研究室詭異的試煉裡……以脆弱的膀胱抵擋著它強大的魔力。最終，他們受不了，跪著向研究室大聲懺悔：「我們再也不敢在裡頭喝飲料、吃零食啦！」

說也奇怪，懺悔完，再次下了開門咒，門軸的卡榫竟然神奇的分開了。當下，兩人箭一般的衝進廁所，洩洪似的沖刷小便斗，挽救了即將脹破的膀胱……

隔天，他們帶著崇敬的心，再一次回到魔法研究室。

「寶大師，我們再也不會在這裡喝……」蟑螂君和天清清信誓旦旦保證不再拿食物進研究室。

「嗯……最近，聽說有攤圓仔冰很好吃，我請客，買回來大家一起吃吧！」好心情的寶大師下了指令。

「不是說，不能吃東西嗎？」蟑螂君和天清清撫著昨晚差點爆掉的膀胱，微微顫抖著說。

魔法研究室規約第二條：有原則就有例外——原則是用來打破的！

神奇的魔法大師

蟑螂君和天清清同學擔任魔法研究室助理，必須接聽各方魔法師來電，繕打各級研究生講義，回覆各類鬼靈精信件，整理各種妖獸怪資料……

有一天，中午還不到，寶大師開口：「我們去吃午餐吧！」

「寶大師……」進研究室前蟑螂君剛吞下最後一口早餐，那時離現在不過半個鐘頭：「現在才十一點耶！」

「誰說的……」寶大師指著魔法研究室裡的時鐘說：「午餐時間！午餐時間！餓死了！快走！」

一陣風吹來，寶大師的白色筋斗雲把蟑螂君和天清清吹到了麵店……

「吃吧！」神奇的寶大師點好了一桌小菜，開始呼嚕嚕的大快朵頤。

老實說，雖然很飽……可是寶大師點的午餐真的好好吃呀！蟑螂君猜裡頭一定有魔法的效果，最神奇的是——和寶大師去吃午餐竟然都不用付錢，這實在是太實用、太神奇的魔法啦！

（雖然天清清說不用付錢——是因為寶大師付了。）

經過這次的魔法體驗，讓蟑螂君和天清清又發現了魔法研究室與眾不同的神奇之處——

魔法研究室規約第三條：時鐘在吃飯時間永遠快一個鐘頭！

在魔法研究所，除了寶大師的課，學生也要修習其他大師的課。在綿羊大師的課堂上，學生時常聆聽到寶大師的神奇事蹟……

有一次，我和寶大師駕駛魔法飛天船，準備穿過險惡的「難迴轉」大峽谷，途中被一匹冒失的噴火龍超車，牠竟然把魔法飛天船的槳、舵、帆都給燒了。

我嚇得大叫：「沒……沒……沒……沒有船舵、船槳、船帆了……」

想不到，寶大師老神在在、眼睛瞇瞇、眉毛翹翹的說：「我……駕駛飛天船，從來都不需要這些東西的！」

「天哪！寶大師實在太厲害了……」全班同學不禁嘖嘖稱奇。

回到寶大師的魔法研究室，蟑螂君和天清清向寶大師求證：「是否真有這回事？」

「咦？什麼？」寶大師一副莫名其妙、從不知情的樣子……使兩人深陷於謎團之中。

魔法研究室規約第四條：寶大師永遠對自己的魔力事蹟保持神祕——尤其是綿羊大師口中的傳奇！

原本，蟑螂君和天清清懷疑綿羊大師信口開河、故弄玄虛（畢竟駕駛魔法飛天船竟然不必使用槳、舵、帆，這是前所未聞的呀）。直至二、三年後，小師弟「鬼哭神豪君」有一天歇斯底里的衝進魔法研究室大喊：「神蹟！神蹟！」

「怎麼了？」學長們好奇的問這位新進的小學弟。

「學長……剛剛……寶大師駕駛飛天船載我們全班去聚餐，在路上他竟……竟……竟然睡著了！」

這時，學長們對著學弟露出意味深長的一笑：「寶大師駕駛魔法飛行船果然非常有一套，不但不需要船舵、船槳、船帆，甚至連『醒著』都不用呀！寶大師果然是高人，擁有這麼神奇的魔法，難怪綿羊大師推崇不已！」

研究室的女王

據綿羊大師透露，魔法研究室成員最厲害的，不是寶大師，而是另有其人……

「大師，晚上去聚餐好不好！」魔法課的同學訂了家有名的餐廳，敬邀大師同行……

「好！但是……」寶大師原本眼睛一亮、點頭答應，但隨後卻支支吾吾，戰戰兢兢，似乎有所顧忌：「請你們先打這個電話，問問淑女王要不要一起去？」

「淑女王？」正當大家一頭霧水時，正巧有學長走進魔法研究室，順便幫學弟妹解惑——「淑女王」是寶大師的夫人，也在學校任教。她不喜歡人家叫她「寶夫人」，她喜歡使用靠自己實力得來的頭銜——法術之后「淑女王」！

如果淑女王答應參加學生的邀約，寶大師順理成章也可同行囉！

於是，蟑螂君和天清清詢問淑女王的意見，順便完成寶大師想去的心願……
從綿羊大師那兒得來的訊息——據說魔法研究所流行一則「寶大師大戰淑女王」的傳說，媲美法海大戰白娘子、周公力拼桃花女……

話說寶大師酷愛珍藏、收集魔法書，淑女王也有自己的收藏愛好——她喜歡收集品茗用的茶「壺」。某日不知為何，兩人計較起彼此愛好的優劣，正當你一言，我一語，分不出勝負，比不出高下時。寶大師大喝一聲，祭出法力，唸出咒語，生出一陣轟隆，招來一場地震，剎時間，地動山搖，日月無光……

一陣晃動之後，茶壺、茶杯掉紛紛掉落，碎個滿地……

此時，寶大師得意洋洋，指著地下的破瓷殘瓦說：「收藏這種易碎的東西，一點都不明智……」

寶大師尚未發表完勝利宣言，淑女王不甘示弱祭出令旗、灑出符水，喚來千里烏雲，傳來擎天旋風……頓時山河變色，暴雨狂驟。寶大師藏書之屋，剎那滅頂，四鄰成水鄉澤國，周遭變無邊汪洋……

在寶大師聲聲哀嚎中，淑女王抱起尚未摔破的茶壺，細細拂拭道：「這時，就知我的收藏比起某人，睿智千萬倍——這玩意縱使在水裡泡它千萬遍，也不厭倦！」

從此以後，寶大師對夫人佩服的五體投地，崇敬得無以復加，言必稱堯舜，而行必問夫人。魔法研究室規約第五條：寶大師是研究室最高領袖——而淑女王是領袖的領袖！

寶大師的罩門

魔法研究室充滿了靈異的氣息、神祕的氛圍……

事情發生在「地靈靈」師妹進到研究室之後，她每天負責打掃魔法研究室——從天花板到地板，從桌子到椅子，從門口到冷氣出風口，該掃的掃，該拖的拖……

神奇的事情出現了，那一天，寶大師一進研究室，伸長手一摸，「咻——」手指上竟然出現一抹灰塵……

「厲害吧！」寶大師小試身手，就把「地靈靈」師妹引以為傲的清潔功夫給破解了……寶大師十分得意的秀出他「精益求精，細更求細，雞蛋裡挑骨頭，頭髮上刻小說」的嚴苛標準，無論對事對人，一概「一絲不苟、絕不寬貸」……

寶大師訓話還沒說完、毛病還沒挑完……「地靈靈」師妹鎖著眼淚的水龍頭卻老早鬆了，只見她「嘩啦嘩啦」的哭了起來。

頓時間，魔法研究室彷彿就要淹起大水，寶大師收藏的心愛書籍眼看就快要泡進「苦水」……只見寶大師驚成雕像、呆成木雞，他雙手合十，懇求「地靈靈」師妹別再哭啦！還一直誇獎她地掃得很好，桌擦得很淨，很棒！很棒！

說完，寶大師三步併兩步，飛也似的離開了魔法研究室……

蟑螂君和天清清瞠目結舌，看著這一幕，忍不住問地靈靈師妹：「你這招從哪兒學來的，這麼厲害？連寶大師都對付得了！」

地靈靈聳聳肩、搖搖頭，表示連她自己也不知道發生了什麼事！

「地靈靈同學……」蟑螂君心生一計：「你可不可以裝一些眼淚在瓶子裡送我，下次我們做事凸槌、闖禍被抓的時候，把它拿出來破解寶大師『怒髮衝冠』的魔法……」

魔法研究室規約第四條：寶大師最怕的法寶——女同學的眼淚！

「可以！」地靈靈師妹很大方的說：「一瓶售價金幣十枚！」

原來，寶大師養大過兩個兒子，但是他沒養過女兒——沒對付過這種「生物」，才會有機會讓師妹成為他的剋星呀！

研究室的諾亞方舟

「皇帝沒在吃爛梨子……精益求精哆是卡！」

「要做牛，免驚沒犁可拖……機會是留給準備好的人屎密達！」

「咻——咻——！」研究室裡寶大師正教著各種法術——他拿出「滑稽美學之心」，剎那間，學不好魔法的同學，都一一練成功了！

蟑螂君受了啟發，拉著「安得猛士」學弟說：「剛剛寶大師有開示——機會是給準備好的人——因此我們之所以默默無名，大概是因為沒有練好簽名……學弟，我們來練簽名吧！」

就這樣，在寶大師的磨鍊之下……碰！

「天清清」變出了飛天鴨，「安得猛士」學弟變出騎掃帚的大野狼；「鬼哭神豪君」呼喚出了變色羊、跳牆神和遊戲鬼，學姐變出了大家都找不到的校長和小學；蟑螂君研究出了放屁飛上天的法術、把食物統統變成點心人……

有一天，邪惡勢力——「濕葉」惡靈來襲，把學校團團圍住，他們祭出了血紅的洪水攻勢，誰掉進去了，都只剩一堆白骨。

寶大師一聲大喝，祭出了咒語：「要做牛，免驚沒犁可拖！」魔法研究室登時變成了一隻諾亞方舟——

「快！統統上船！」寶大師一下令，學生們拉著藍豹俠、魔法鴨、跳牆神、遊戲鬼、巫婆狼……統統登上魔法研究室大方舟。

寶大師掌起了舵，安慰大家說：「別怕！有我在！」

「寶大師，那些邪靈非常可怕，他們一出現，天沒下雨，葉子濕了；眼沒流淚，臉都濕了……」大夥問寶大師：「這樣下去，氣候變遷，世界會毀滅呀！」

「別擔心！」寶大師說：「我方舟上有很多魔法金幣，把它們熔了磨箭頭、製飛鏢、鑄大刀、做長劍，定能尅制這些邪靈！」

「我聽別校的學生說，拿到了金幣，要交一些回去……」有學生這樣問大師。

「傻瓜！不夠我這兒還有，給你……」寶大師從口袋裡拉出一堆金幣：「快練好你們的魔法吧！」

「哈哈哈！我練成功了！」不斷有方舟上的學生化身奇幻的人物、神祕的角色，變出神奇的法寶、無敵的武器，打退了來犯的邪靈！

學生們相信：總有一天，一定會把邪靈全數殲滅……

誰知邪靈還沒消滅，革命尚未成功，學校卻來了公文說方舟租約到期，房東要收回去。

「蝦咪？為什麼？」學生們都依依不捨……

「沒關係！」當大家哭成一團時，藍豹俠、魔法鴨、跳牆神……都圍上來安慰主人：「我們會幫主人努力創造魔法金幣、提升魔法等級，到時變一艘航空母艦給寶大師吧！」

「是啊！別哭、別害怕！」寶大師摸了摸大家的頭，魔杖一揮，轟……一陣巨響之後，他放魔法書的小房子，竟變成一艘大戰艦：「有我在的地方，就有無敵的魔法研究室……呃……不過，裡面還是不准吃零食、喝飲料！」

一個充滿記憶的地方

嚴淑女

二〇一一年一月三十一日晚上八點，我依舊在兒讀中心的小閣樓上工作。

學妹上來告訴我：「學姐，我們都要走了，放寒假了，你要記得關門。」

我慢慢走下連接阿寶老師研究室，進入兒文所的樓梯，那些閉著眼睛都能走的階梯，見證了我在這裡念書、工作十三年的歲月。

當我走到兒文所一樓。外面早已漆黑一片。冬夜寒風細雨，拍打著佈滿歲月鏽痕的鐵窗。在昏暗的日光燈下，我看見昔日人聲鼎沸的辦公室、自習室堆滿已打包好的紙箱，還有一落落尚未裝箱的書籍和物品，孤零零的堆疊著，等待被轉運到新的校區。

蕭瑟的冬夜，我一個人站在那裡，環顧四周。眼前浮現一九九八年我剛進兒文所時，親切的宋姐在小小的辦公室內，用小烤箱烤香蒜麵包的香味；之後的每一屆學長姐、學弟妹，暑期班、夜間班的同學在自習室內，大家一起討論創作、討論功課、一起參加文學獎比賽、一起努力切割著研討會要用的名牌、每週三大家一起打掃環境；冬至的湯圓會；耶誕節在聖誕樹下交換禮物，喝雞湯、吃火鍋，還有一起念繪本的場景，那些我以為已經不復存在的記憶，竟然在我眼前慢慢的清晰、逐漸的放大；熟悉的歡笑聲、歌聲在我耳邊迴盪。

這十幾年來，那些曾經在這裡交會的同學、師長，所有的歡笑、悲傷，就像紀錄片一樣，一幕幕，在我眼前快轉、播放。

我回想二〇〇〇年碩士畢業之後，因緣際會留在兒讀中心工作，從碩士到博士，從辦研討會、工作坊、出版兒童文學學刊、編印繪本棒棒堂，迎接國內外的學者、巨大兒童樹的揭幕儀式……我有幸見證了兒文所在臺灣兒童文學界建立的歷史。

回想起來，我們真的很幸福。曾經，我們在老師們充滿獨特氛圍的研究室中，展開像師徒般學習、研究的探索之旅，這是一般研究所難得的體驗。

我們在阿寶老師那全是兒童文學書籍、珍貴史料的寶庫中，努力讀懂簡體字，開啟華文兒童文學的視野；每年的大陸交流，更讓我們多了不同的體驗，認識更多朋友。

我們在楊老師研究室那充滿茶香、楊楊米特有的草香、精彩繪本的朗讀聲中，探索圖文合奏的趣味，思索兒童哲學與人生的聯繫，完成了每一場繪本討論會和雜誌的編輯。

在杜老師的引導下，開啟西方文學之眼，更在精彩的說書中認識中國武俠小說世界的魅力。在張老師精彩的少年小說介紹中，認識更多小說中的世界。在游老師的動畫和日本兒童文學中，體驗宮崎駿動畫的魅力。而實際走訪日本岩崎知弘美術館、岩村和朗繪本之丘，讓我們從文本中，進到實際的場域，多了真實的感動。吳老師扎實的西方兒童文學理論和英文的訓練，讓我們學習用研究的觀點，重新審視作品和建立研究的觀點。

我想，在人生的學習階段中，我們是幸運的，幸福的。我們能在自由的氛圍中，盡情在精彩的繪本、童話、小說的兒童文學世界中倘佯。累了，就躺在兒讀中心的榻榻米上睡覺。我總忘不了，酷熱的暑假，看見榻榻米上躺著一排排睡午覺的同學，我偷偷數過，竟然可以同時躺三十個人哦！這是多奇妙的場景和緣份啊！

二〇一一年一月三十一日晚上，我站在曾經是舊圖書館改建而成的兒文所、兒讀中心，回憶著過去十幾年美好的記憶。衷心感謝陪我走過這段歲月的每一個人，腦海中浮現每個人的笑臉。

那天，是我在兒讀中心工作的最後一天。

我環顧四周，將十一年來熟悉的一切，深深映入腦中。

我按下牆上，因多少人的手指觸摸，早已泛黃的開關。

大宅門，熄燈了。

儘管這個空間已不復存在，但是，我相信這個孕育我成長，讓我找到生命方向的地方，會一直留在我的心裡。

我也相信，曾經在這裡交會的心靈，不管經過多少歲月，當我們再次相遇，我們都會相視而笑，因為我們擁有共同的記憶，在臺東。

我的臺東印象

林茵

之一

一切要從二〇一四年說起，但確切的說法是二〇〇〇年。十四年前。

二〇一四年初春，同學沛慈捎來「臺東大學臺東校區兒童文學研究所徵稿啟事」的訊息。仲夏，無可抵賴的我，於是勉力自記憶的囊篋中搜尋，試圖拼湊出哺育我的臺東大學、臺東這個地方，還有對於恩師們的記憶。

臺東大學兒童文學研究所，這個被稱之為「兒文所」的地方，是孕育深刻我寫作思想的溫床。那是二〇〇〇年的事情了。雖然早在就讀之前我就已經自顧自的寫個不停，但在那之前，我寫的文類非常駁雜，而且兒童文學作品少之又少。

而談起我寫作的動機，純粹只是因為少時過度自閉，只有文字可以忍受我，所以做著私己的文字勾當，包括閱讀和零星的寫作。因此駁雜是必然的。

正在二〇〇〇年，一個偶然機緣聽說有這麼一個特別的研究所，又僥倖錄取了，就硬著頭皮去讀了。

在我的心靈扉頁中，開展兒童文學研究所地圖的是一段話：

「有一個比大海更壯闊的景象，那就是天際；有一個比天際更壯麗的景象，那就是心靈。」

但是這段話到底怎麼來的，我卻已記不清。我猜要不是張掛在兒文所辦公室的大牆上，便是我偶然從哪兒拾得的。

之二

有一些浮光掠影，卻也有些難以忘懷。

最難忘的居然是一只杯墊和下方的原木書桌，這也是絕大多數同學們傳誦至今的私密記憶。號稱「數一數二」之「數（暑）二」——暑期部第二屆的我們，就學期間都在最悶熱的暑假，又在南臺灣，夏天大伙兒習慣人手一杯飲品，林文寶所長——大伙兒口中的阿寶所長，嚴格規定我們必須放置一只杯墊，以免水漬玷污了原木桌，在上頭留下杯痕。雖然叨唸他的龜毛，但我們也謹遵師諭。

我眼裡的阿寶所長是個謙和但不乏霸氣的人，他像甫開眼的小鴨第一個看見的母親，從此被研究生們認定樣貌。阿寶所長教導我們「兒童文學綜論」，談的是寫作、教學與人生。

翻開筆記本，許多阿寶老師開宗明義時的珠璣，至今還是受用的：

「成長就是：接觸一些以前不能接受的東西；放棄一些以前不能割捨的東西。」

「人最怕的就是沒有感覺。」

「以前的寫作可以靠靈感，今天的寫作要規劃、要設計、要計畫；可以有浪漫情懷，但絕對不可以過浪漫一生。」

而在談靈感的時候，他又這麼譬喻：

「水龍頭沒水，打開它，會流得出來嗎？寫作是要儲存的。……閱讀是最有效的儲存方式。」

除了阿寶祖師，兒文所的老師也都滿腹經綸；有必修也有選修課程。杜明城老師的「文學社會學」，以及從上海師大應聘來台講學的梅子涵教授，教導我們「大陸新時期小說」，這是一年級時。梅子涵老師帶來了一種詩意卻精鍊的氣息，透過他，我看見了大陸新時期文學的蓬勃樣貌，杜明城老師像鄰家大哥哥般的親切，印象最深的是《蒼蠅王》小說和影片的討論，以及「儀式」隱含的意義。此後，二年級時我又親炙了張子樟、蔡尚志、洪文珍等教授。引領當代小說初探的張子樟教授像株巍峨挺拔的老樹，任一群麻雀在他肩頭上吱吱喳喳也不晃動，只偶爾出聲皺眉，像是宣告他還在。三年級時從浙江師大來台的方衛平教授，講授「兒童文學史理論研究」，史學觀點的切入也讓我印象深刻。

而這一切，都濃縮在那一棟兒文所大樓的方矩中……

之三

但我要追憶的不僅僅是兒童文學研究所，而是整個臺東印象。

如果說臺灣任何一個角落，有大象會在馬路中央遊蕩，那最有可能的地方，就是臺東了。我感覺假若真有這隻大象，那麼，牠必不僅遊蕩，還會捲起長長的鼻子，沿路噴著長長的水柱，教路人滿頭滿臉盡是象的口水鼻水，卻只是忍俊不住的發笑。笑到陽光也眼瞇瞇的，以至於臉上的水珠也只是眼瞇瞇的燦亮，那樣的地方。

那兒的空中真是慵懶呀，連車子排出的廢氣都彷彿書寫著「慵懶」兩個字。

在我就讀的最末兩年，火車只開到臺東新站，每次出了新站，打算搭公車進入學校所在的舊站附近時，總是候著候著，候到腳痠腿麻眼澀人乏了，半小時之後才有車姍姍來遲，而且

「不發則已，一發數部」。

八成是聚賭之後一塊兒上工了，我打心眼裡這樣想著。

那時的我，一肚子悶氣加上好笑，也就只能聳聳肩了。臺東人經常就是這副樣子。時間觀念在那裡早被陽光給曬融了、蒸發了。

在那裡，你會發現生活根本沒什麼好計較的，生命，就該浪費在慵懶這件事上；慵懶的逛大街，慵懶的覓食，慵懶的談笑，慵懶的上學聽課，甚至慵懶的上床睡覺。

這是我的臺東印象。

之四

在臺東，最讓人驚奇的還是月出瀚海的景致，就像杜工部筆下的「星垂平野闊，月湧大江流」，那樣的場景。

課餘的夜晚，同學們吆喝著幽賞高談，共同見證「海上生明月」的壯麗；只見水面上冷凝著細碎的月光，鋪就一條月光小路，流光爍金、浮水瀲銀，攫住觀者震懾的目光、讚賞的眼光……

此外，還有往返於花東火車上無數個振筆的晨昏。

那火車，是每週往返臺東—中壢對角線，當時正在蓋校舍的身為總務主任的我的最佳書房，無數作業，是膝上攤著筆電倉促完成的，也有好多詩作是在這樣的情形下寫就。

夏天的火車及火車外頭的田野，平疇綠野夾雜著豐富的氣味和聲響，簡直讓人耳不暇給、眼花撩亂……

而如今，案頭的我卻無端憶起臺東樂，雖然當時並非年少也無春衫。

總就是臺東印象。夜深了，臺東印象是我斗室外，今晚最亮最迷人的星光。

從找幼稚園開始的學習之旅

林茂興、陳靜婷

就讀母校臺東大學兒童文學研究所對於我和先生來說，那段學習其實是從尋找幼稚園開始。

孩子的修業之旅

臺灣後山的最高學府——臺東大學，對於想努力進修的學生來說，是蠻大的挑戰，工作、家庭、學習因路途遙遠而無法兼顧時，總是望遠興嘆。誰知因緣際會之下，兒研所竟開了暑期班，讓我們這些身兼教職之人，總算有了可以一圓夢想之處。可是，幸運之神來臨之際，也讓我們頭痛不已，因為兩個孩子還小，老大白天還能託附幼稚園，老二太幼小，晚上的照顧又無法都交託於家中的老人家。於是在幾次商量之下，決定讓老大跟著我們到臺東見識見識。於是我們展開了一場到底該張羅什麼？該準備什麼？考慮上什麼幼稚園？種種思量，反而像是一場小型的搬家活動。

還好，當時的阿寶老師（林文寶所長）實在為這些「教職學生」貼心的考量，媒合了大學裡的幼教系，希望由這些老師的專業師資，為我們這些暑期候鳥的小小幼鳥們，在校園裡找到一座小小的巢，由幼教系的學生們利用暑假實習的機會，打造了適合幼鳥學習的環境。高興之餘，難免以為就此順利成行，沒想到的是，像我們願意帶著小候鳥來學習的家庭實在不多，學員人數少之又少，無法維持，幾經波折，還是回到了起點。最後，在住宿附近打聽了當地幼稚園，願意在暑期時讓孩子入學；因此，我們有了學習的機會，孩子也異地到另一所學校學習。

後山快樂的學習場域

正規的學習是學習，潛在的課程也是最珍貴的學習經驗；孩子跟著父母來到臺東，白天是各自飛的學習狀態，下課後這兒卻成了最佳的遊樂場所。原規畫的學習場域就是臺灣後山這個大自然環境中，學伴就是來這兒讀書的叔叔阿姨們。

白日的臺東是豔陽高照，朗朗晴空，藍天碧海，卻不太能親近。當夕陽西下時，海風徐徐，就是臺東海堤岸邊人潮聚集之所，連帶人潮引進了吃吃喝喝的慵懶氛圍，往往就是隨意走走、到處吃喝，就地坐下聽海風；或就是踏入海神的領域，進獻些兩膝以下赤裸肌膚，接受清涼的撫慰，佐以或叫或跳的感官盛宴。夜晚偶有流星來訪，一行人也勇闖黑黝黝、靜悄悄的海岸，大字仰躺於地上、仰頭張望，這屬於東臺灣的天空，隱隱約約帶藍的天，星光也特別容易追尋。一群人追星的夜晚，就連屬於夜晚的「阿飄」，也會聞風悄然隱退吧！

除了追星，後山還能賞「月出」。一群人相約至臺東海岸線上，某個逐風追月的海景場域裡。大家三三兩兩，圍坐在店家原住民風格的戶外場所；粗獷的桌面，低矮的長椅，以及準備好的閒適心情。彼此沏茶嗑瓜子等待中，靜謐的海面上突然引起了小小的騷動。遠處，原本深墨色的海，突然有了小小亮點。這光不是由天上直射而下，卻如同躲在海裡的頑皮小和尚般，此時，正在海平面上露出他的小光頭，一小點一小點的跳躍著、探頭著，在觀眾面前試探著反應呢！大家秉氣凝神，連大氣也不敢吭一下，就怕這小和尚突然放棄了出頭的機會。只見這小光頭由一小點，慢慢形成一小片眉形，顏色也由暗黃色，加深濃度，變成了鵝黃色，瞬時渲染了黑色畫布。突然之間，整個速度加快，光點由小到大，一下子，咻的一聲，跳躍出海面上，眩目的光芒，逼得眼睛不敢直視。黑色畫布上鑲滿了閃爍的金色寶石，形成一條金色大道；這時，天上出現了一輪明月。原來，日出的霸道在於他的雄視之姿，那麼理直氣壯，讓人們必須抬頭仰望，以獲取生命的熱情。而月出的柔和，卻在於不常見到的情景，那麼悲壯，讓人們必須低頭沉思，以讚嘆生命的奧妙與不可思議。

後山的生命力與療癒力，實是最佳的學習場域，大小皆宜。

感情濃郁的就學經驗

後山的兒研所，絕不是大家所想像的，任您輕鬆玩就能如願領畢業證書。在阿寶老師的堅持之下，所有該有的堅持一個也不准漏，甚至超過學生期待的講究及教育理念的執行也絲毫不讓步！印象最深刻的是對該修業幾年才准放行，兒研所不會從善如流，順應學生們想早點畢業的決心，而是以學校培育學術研究人才的理念，要求一切如常，不能提早。因此，就學的研究生們也只能戰戰兢兢的努力學習。

兒研所就像個大家庭，由於大多是離鄉來這兒研修，自然而然，上下幾屆的學長學姊、學弟學妹們感情都還不錯；授課教授的師生情誼，也很容易發酵。常常瞧見的場景是，一經同學們吆喝，再和老師連繫、耍賴、撒嬌……，想要到老師家聚一聚的奢望，大多能得逞；老師再怎麼勉為其難，也會被學生的熱情所打動。不管是阿寶所長、或是其他的教授，都能如此這般的造就另一種奇景：師生們你儂我儂、和成一團的情感，著實超越其他時期的就學經驗；而且至今仍念念不忘，並仍維持著彼此的師生情誼。

就學後的另一種奇特經驗，就是遇到了海峽對岸的教授。一位是從上海來的梅教授，一位是從東北來的朱教授，一口字正腔圓的語調，聽來十分受用。教授們藉著學術交流的授課機會，將對岸兒童文學的發展狀況、相關的學術理論、與現階段的發展瓶頸，依個人不同的學術涵養，作不同的課程設計。這些教授們各自有不同的理念規畫及個人經驗，在對岸的兒童文學學術界享有盛名，精彩課程內容自不在話下。課餘時間，同學們當然得一展和善的國民外交作風，邀請教授們觀星賞月、逐浪追風，分享臺灣後山美景。

「什麼？」梅教授驚訝的喊了一聲。

那天，大家約好出門，紛紛站在學校前庭前，等著分配好的車輛來接送。我們不解的看著老師，不知老師想說什麼，也回應了一句：「什麼？」只見他盯著陸陸續續停在學校門口的幾輛車，下車的人，都是約好的同學們或是學弟學妹們。

他好奇的開了金口：「你們同學都開車嗎？」我們當然點頭如搗蒜，還附加說明大部分的同學都有車，只是有些人不方便開車來這兒讀書，而是選擇大眾運輸工具到這兒上課。梅教授聽後，喃喃自語的說：「真的不太一樣！」後來，我們才想起來，梅老師曾經在課堂上說過，在上海的有車階級很少，連他自己也沒有。原來，我們司空見慣的個人房車，在當時對岸還未經濟發展起飛時是較少見的；相較之下，當時的生活環境與經濟況狀，還是相當不錯的。

那時候到後山進修讀書，直到現在也已過了十年以上。每當想起教授在課堂上，總不免要我們好好珍惜現在的生活水平，現在對岸的生活也不可同日而言了。想著想著，忍不住想問問好久不見的梅老師：「老師，現在您有幾輛車了？」

除了海峽對岸來的教授，讓我們有了不同的學習視野外，兒研所最讓人回味的，是在很多不同的場合裡，能夠見到許多各界優秀的兒童文學作家，如最資深的林良爺爺，或是已過世的李潼老師，還有許許多多老師輩的作家們。我們發現能夠書寫兒童文學作家的前輩們，都有一種共同的特質：懷著一顆純真的心，相當真誠、有理念。不管是林良爺爺的笑容，還是一行人跟著阿寶老師到宜蘭參訪時，李潼老師高大的身影、開朗的笑聲和熱忱款待；這群作家們散發出的真心、以及溫暖，讓我們都能真切感受。有幸能夠因緣際會，認識同鄉的兒童文學作家林武憲老師，感謝武憲老師以提拔後進的心，同意讓還在就學的我們，以學術研究的理念到家多次拜訪，提供許多的經驗與資料，以期能夠順利完成相關研究；多年後仍持續的關心這些後輩，扎扎實實就是兒童文學作家的風範呢！

既為兒研所，可不止培養學術研究者，還出產許多新銳的「兒童文學作家」呢！很難想像，如果沒有這次的進修機會，又如何認識優秀的兒童文學作家，以及結識同儕的兒童文學夥伴們。尤其當在座一同學習的同學們，舉目所見，或多或少總有「作家」在場時，這是修讀一般系所難以想像的場面，實在有趣。當然，同學當久了，多少會有些福利油水可撈，如信箱裡突然出現了某人的新書，還附上了本人親筆簽名；或是同學會時，突然成了新書發表簽名會；亦或是在新聞上媒體上又看見哪位同學得了大獎了……。這時，作為同學或是學長姊的，可要大聲呼籲：「各位同學作家們，可要努力加餐飯，外加多書寫一些鉅作，身為同學的我們，填飽孩子的讀書慾就靠您們為我們省書錢了，加油再加油！書迷加粉絲向你們致敬。」

而今，兒童文學研究所更是茁壯繁榮，培育更多的兒童文學的粉絲、學術研究者與作家，實在是我們這些學生，與未來兒童的福氣。身為曾為學生的我們，也要向兒研所說一聲：「加油再加油！粉絲向臺東大學兒童文學研究所致敬。」

夜色多綺麗

鄭如晴

回憶在時間的軌道上重重覆沓，當定格在某一畫面，靜止的節奏無限延長，凝住時間，挽住剎那永恆，始明白人世的因緣際會何其珍貴，只要任何一點不對，我們都不會相聚，也就錯失許多美麗的畫面。如此想來，生命中要感謝的人事很多，是他們也是那一場場的相聚，讓我們的生命更丰采。

二〇〇一年我考進了兒文所，開學第一天才驚覺是全班最老的學生，十八位同學中，大部分是應屆畢業生。報考兒文所，除了當年在國語日報上班，有專業上再進修的考量外，最大的動力來自於，想彌補自己年輕時在德國未拿到學位的遺憾。

離開校園很久，再次踏入，有種不真實的感覺。學校不大，兒文所坐落在最裡間，樸實無華的辦公室，像極了阿寶老師的性格，印象中的阿寶所長，老是穿著一件簡單的布衫，腳上趿著一雙露趾涼鞋，一年四季如此，即便冬天，雖然臺東好像沒什麼冬天。一回冬至剛過，從十度左右的臺北坐飛機來到臺東，看到阿寶老師露趾的雙腳，我從心裡直打哆嗦，好可憐的一雙腳一定很冷，到現在我還很難想像，阿寶老師若西裝革履會是什麼模樣。幾年後，有機會在毛毛蟲兒童哲學基金會工作，有次辦了一場大型的徵文比賽，頒獎典禮那天在臺北總圖的國際會議廳舉行，請阿寶老師出席，典禮前和朋友打賭老師的腳上風光，結果是我輸了，老師的雙腳依然故我，露趾開懷。回憶中，有時趿著拖鞋的阿寶老師，在兒文所裡奔來跑去，兒文所的生氣，就在他那幡動的布衫下，欣欣向榮。老師所到之地，變成兒文所一處會動的風景，相信很多人想忘也難。

至於老師的藏書之豐，眾所皆知，無論是他的研究室還是私家書屋，都是同學們寫論文找資料的天堂。老師雖然買書大方，但對生活好像就沒那麼講究。在臺東兩年，他請我和玉金去吃過一次午餐，真的只有一碗豬血湯和乾麵。不過，並非我有意記這一筆，而是豬血湯的鮮美滋味的確令人難忘。

那時還未實施周休二日，為了上研究所的課，我從白天工作的副刊組，申調到夜間的新聞組，並選擇星期二固定休假，一大早六點多就搭復興航空班機到臺東，準時上阿寶老師八點的第一堂課，緊接著楊茂秀老師、杜明城老師、游珮芸老師的課……，直到隔天周三下午，匆匆再搭四點的班機回臺北，下了飛機坐上計程車，直奔國語日報打五點半的卡。就這樣整整一年沒有休假，維持每周二飛臺東上課的日子。直到第二年準備開始寫論文，疲憊讓我想到留職停薪……。

這一切，都彷彿還在昨天。和同學相處的時間其實不多，但是那些可愛的面孔，不時在腦海裡出現，他們有的只比我女兒大幾歲，臉上未脫稚氣和純真，讓我在那段日子裡，不覺中年輕了許多歲。有幸和他們同學，是我人生中少有的快樂時光。難忘的是，玉金當了我兩年的「同居人」，那時我們一同趕飛機上課、回臺北，一同在周二晚上住學校附近的小旅館，一同分享又上班又上課的心情，也感受了她給我的溫暖。更不能忘的是，那段時間，彥芬和學瀅每周輪流接送我和玉金從機場到學校，從學校到機場，這等情誼始終埋在心中，甚為感念！

兒文所的課程大致在老師們的研究室上，比起臺北的教授，兒文所教授的研究室寬敞多了。楊茂秀老師的研究室，有許多新奇的擺飾，我曾在他的研究室修過兩門課，一門是兒童哲學，另一門是英詩選讀。修英詩的那學期，每星期我都創作一篇英詩朗讀，楊老師每一聽我朗誦的英詩，總笑我是德腔英語，還好當時臉皮夠厚沒妄自菲薄，只記得每星期照常大膽誦讀，至於學期成績早就忘了。前陣子偶然機會，再看到當時的成績單，赫然發現楊老師還真仁慈，給了我九十二高分。

也許我是年紀最大的學生吧，杜老師總是客客氣氣，上他的課後，我自己也開始對社會學有些興趣，因此陸續看了英國社會學家紀登斯的論叢，才知甚麼是「紀登斯現象」，這是受了杜老師那門課的影響。至於游老師給的空間就很大了，那時大家輪流作報告，她通常不做什麼評語，任由同學發揮。當時的她還很年輕，現在偶爾上ＦＢ，發現游老師依然貌美。由於老師的課在周三最後的兩堂，我和玉金須趕飛機，游老師總是讓我們提前離開，展現了她的寬容。

兒文所是我人生的轉捩點，畢業後我換了幾個跑道，也進了學校兼課。如今回想，首先要感謝當年的這些老師，接受了一個老學生進入兒文所，讓我有機會完成夢想，有機會向師長們學習。

之前，聽說兒文所搬家了，但那棟曾經上課的處所在我心中仍敞著大門，裡面依舊生氣蓬勃。雖說那年的月色和夢境是回不來了，可是那時的人事比任何時候在我心中都更晶瑩剔透，把今天的夜色照得分外綺麗！

永恆之旅

陳玟靜

一、入門

永遠不會忘記二〇〇二年夏天，那個離家很遠，卻是另一個開始的地方。

第一次踏進兒文所，當然是為取得「所生」的資格而來，記憶最深刻的，是等待口試時，一堆緊張兮兮的考生集聚在一樓大教室……已經不確定當時大家是否亂糟糟鬧哄哄，但確定的是，沒多久，從集合的大教室中，走進一位率性十足的「拖鞋先生」對著當時的所辦助理，霸氣十足的說：「現在都幾點了，還不快點叫第一批學生進來口試。」全場馬上進入一場靜默，大家像群小羊般縮待在各自的角落不知所措，緊接著上演的好戲，當然是第一場的口試同學乖乖魚貫走上樓梯等待被剃毛的畫面……

考完試那天，我和當時的男友現在的老公散步到了海濱公園，那是第一次，生長在都市的我，在離市區那麼近的地方，在看似稀鬆平常的巷道中轉過一個彎便如願見到大海——那傳說中的太平洋。老實說，那天的海是什麼顏色，我真的已經忘記，天空是否蔚藍並抹上那麼幾絮柔軟的白雲，我也並無印象，只記得眼前開闊而一望無邊際的大海，那樣平靜無波，像是能讓你行走溜冰於其上，就這樣自在的滑出屬於自己如風的曲線。

是的，第一次到臺東，記憶最深刻的卻是校園之外的那片天地與大海。

臺東，在臺灣之東，我所知的南島之鄉，該是豐富多元又廣袤的境地，理所當然，唯一的大學至少應該讓我騎乘腳踏車才能一覽而盡才是，然而，並不是！當我第一次來到校門口，真有那麼點失望，它為什麼不像大學校園倒比較像國中校園？我心生疑惑與不安，因為我就讀的大學就是小而美的，我一心盼望研究所能換讀一個廣而實的學校。幸好，來到偏安於校園一角的兒文所，我的不安稍稍得到安撫了。因為我發現，所辦的一樓，和等待考試的大教室，及當時二樓的兒讀中心處處擺放著隨手可得的各類兒童文學作品，對於還未能接觸研究所學程的自己來說，在私自建構的想像中，感受到一種能自由學習和自在閱讀的研究所風氣。而那天，我還偷偷發現，有學姐來到所辦就這樣隨興的拿起粉筆在所辦裡的白牆塗鴨留言。好吧！我想，這唯一的兒童文學研究所應該是臺東大學裡最棒的地方了吧（人恆長對於自己想望之處，總會在一次又一次的事件中把它雕塑得更加具體——我又找到了另一個讓自己安身於此的理由）。

那年，我報名了兩所研究所，皆是我心所愛。而其中感受最大的不同，便是口試。那場口試，決定了我未來的兩年，更甚至是之後的八年、十年，讓我真正拾起對它的興趣與職涯。

兒文所的口試並不以多（口試委員）對一（考生）的方式進行，它有好有壞，壞的是口試的教授在這一場的考生中並不一定對你有印象，不會只單一的針對你而給出分數，然而，好的是，在一場開放式的談話中，你好似能變得更了解自己和其他一樣想和你一起入門的考生。而我這不專心的考生，在這場口試中，還分心的愛上了那如私塾般的教授教室——又一個將想像雕塑至美的理由。

當晚我便坐上火車返回臺北，離去前，夜幕早已落下，最後一次回眸將臺東印在眼底，已是身在臺東新站前，空氣中混雜著一種未知情懷：我不知道，這眼前，是否有一道門已為我開啟？我是否將有負笈於此求學的緣份？

二、離去

二〇〇四年，炎熱的夏天，我站在租屋處的大樓門口，手上握本剛剛正式出爐的綠皮論文，眼看著一台車駛出巷口，消失在眼瞳——那上面載著同班同學，和她在臺東求學間的兩年家當。這次揮手，彷彿在對身後那將空盪盪的房間做預習，我也將離去。

送別好友，我騎著自行車來到學校，準備如螞蟻搬食般，耐心的一趟又一趟將自所上借來的書分批歸還。一樣習慣從演講廳旁那條小路低頭穿梭而行，卻在經過停車場時，遇見了如父般的阿寶老師（也是放生我的指導教授），他最愛喚「憨囝仔妳是在做啥」，我告訴老師，我也要準備離開了，正在清償未曾記載的書債（其中不少書是借自老師的個人私藏）。老師眼睛一瞪，像故意做出責備般的表情，一把將我手上的書放進他的車裡說：「妳這樣搬是要搬到何時，我開車幫妳載一趟吧。」

當時班上的同學大多離去了，我心裡有種想當最後守門人的心情，那也是第一次坐老師自己開的車（以往雖曾與老師同車，但多是由開車技術很好的同門生小百合掌舵），或許因為即將離去，以至在短短的途中我卻變得沉默，而那大約十分鐘的車程，老師卻一反常態的告誡我以後千萬不可像這兩年在校時傻傻天真的模樣，還說盡責很好，但要懂得保護自己，不要總是把自己放到最後，做人不必那樣「古意」。人家說，一日為師終生為父，我總覺得，那天無意間上演的便是這樣的劇碼，我默默的領受如師如父的他難得展露的曖曖教誨與關愛。在所上兩年，只有被老師吩咐的份，何時讓老師動過手呢，那天，老師就這樣幫我把綑好的書一落落的搬上車，我的心流著不捨的熱淚。原來師生一場，也藏著如父女般的情份。

我想起自己沒大沒小的樣子，一次，老師丟一本書要我讀完告訴他感想，過兩天我卻斗膽回覆：「一點都不好看。」老師故意變臉成一付生氣的模樣：「聽妳咧胡白講！」我認真強調：「真的！」老師也沒再多說什麼或不悅，只是想到便再丟幾本書來，一派正經的說：「要多讀書，妳以後就知。」我也真煞有其事的在裡面翻找答案。

還有一次，愛整潔的他，上課時，同學一杯沁涼冰飲在桌上泛起了圈水痕，讓他提起了研究室中為何擺放杯墊，接著便拿起自己眼前那杯茶這麼一晃，大家全了然於心，卻只有我沒多想便說：「老師你是處女座的厚……」一時間，老師和同學全都笑開，倒是自己反而變得不好意思。日後再想起此事，我總覺得老師說不定早對我們這群傢伙的生活規矩隱忍多時，直到那日才終於提起，我這死小孩卻還哪壺不開提哪壺，存心搗蛋。

凡是借來的，總要歸還。

與老師一同搬了一堆書回他的研究室，胡亂擺放一通，他這次倒不介意了，放下便是，我拍拍雙手也能安心轉身。再見了，我臺東的父。

三、學習時光

大學時，我便很愛在圖書館打發多出來的時間，最好是考試剛結束的時候，因為往往空無一人，可以把它當成自己的書房。而到了兒文所後，我最喜歡那像是到教授們的私人書房上課時光。

分明是去上課，卻像受到一場美好的邀約，大家帶著各自的書本來到，交換彼此分讀以後的感想。授課的老師往往聽著聽著，會忽然從書架上抽出或許一本繪本，或許一本詩集，展讀未知的事和人，乘我們以翅膀。

還記得一次歐巴桑老師，心血來潮的讓大家離開桌子，在地圍坐成圈，還有同學就這樣趴在榻榻米上聽老師說課，一時間，天開地闊，包容萬有，我們就這麼曲曲折折的走入各自的林中。在宛如岩洞的課室間，我們逐一拜訪自由穿梭，一會兒是無聲電影的畫面，下一刻是敦煌的沙漠，一陣風吹又掉進了兔子洞，抬起頭來才發現，原來還在老師們的課堂上。

一間一間藏在梯間上上下下的教室，如遊戲如魔法般有容量和變化。那一座一座對學生開放的私人書藏和主人空間，自然而然的引發我們的學習和翻讀，那樣的自由又開放，卻富有「主其室」者的個性與不同。耳濡目染下，知識無盡藏，我們何其幸福。

在大家如火如荼處於蝸居狀態寫論文前，我們這班同學最愛聚在一起哈拉聊天，因為大家幾乎都為求學而搬居臺東，於是每回下課後，便二話不說轉戰至所旁的休息室辦繼續嘰哩呱啦個沒完，有時笑聲忽然一齊爆開，沒把所辦炸出個洞倒也奇怪。我們也若無其事，接續不知天高地厚的話題，只是偶爾引來阿寶老師走出研究室（老師的研究室離所生休息室距離最近），瞧我們這群孩子到底又是在做啥貨，這樣嘩嘩啦啦吵得熱鬧滾滾。

也曾經我們叫來披薩和蛋糕，在裡面開起了慶生會；又或者研討會在即，我們排成人龍，化身加工廠，以接力方式分裝資料；為了策劃黃春明老師特展時，連裁縫機都弄來車文宣小本子；更也許我們只是胡亂的哇哇哇叫便瞬間消失無蹤——原來是肚子餓相約去覓食了，千萬別誤會，我們可絕對不是因為覺得自己太吵而走避。

那兩年，大家就這樣養成有事沒事就「經過」所辦一下的習慣，像「走灶腳」那般習以為常。因為，我們知道，走進那裡便容易尋著自己的家人，還可能得到本所最新流行情報——或自行在大桌子拆解一大堆「未完成」的暗示。

奇妙的是，到了寫論文那年，所辦成了一個發光的會所。還記得一次夜晚，所辦早已無人值班，我向保管鑰匙的同學取來鑰匙，獨自來到所生休息室中列印所需資料。在偌大安靜的校園，印表機佐以藍光吞吐出一張張資料，我好似成了暗夜前來提取光源的所生，手上那把鑰匙似乎還有前人的溫度。熄燈離去，我對夜空釋放訊息，同學們晚安。

騎車返抵住處，回頭望去，會所依舊有光。

四、不回頭

那兩年真是最幸福的時光。

曾經以為永遠不會忘記的，終究還是隨著年歲有所改變。曾經穿街走巷的日常，也慢慢變得陌生，甚至在一次回去遊玩時走迷了路，才知道記憶不會永遠停格，它跟著時間同步向前行走，承裝的同時，也丟失了一些。

臺東的天空依舊湛藍，夏天依舊是蒸熟的大地，然而，那個我們熟悉的，像走自家廚房，喚它為家的所辦，早已一如我當年所想望，遷至擁有遼闊校區的知本。想必後來的學弟妹們，腦海建構的時空景物將與我們大不相同，然而，此刻的我，卻執著演繹舊版的校園劇本，遲遲不願更新。

時間不回頭，歲歲年年人亦不同。這一次，我也不願回頭，在我的故事版本裡，將永遠播映著二〇〇二年夏天到二〇〇四年夏天盛載的永恆。

——致那兩年相伴的親愛的老師和同學，我愛你們

入寶山不空回

徐錦成

今年（二〇一四）二月，從報紙得知林文寶老師把畢生收藏的十萬本書捐給臺東大學圖書館，敬佩之餘，也勾起一些在臺東讀書的回憶。

一九九九年六月，我考取臺東師範學院（今臺東大學）兒童文學研究所，不久即接到時任所長的林老師來電，希望我在開學前先來臺東，幫忙整理一些資料。恰巧我剛離職，本來就有意到臺東當個全職學生。既然有此工讀機會，也就順理接受了。七月中旬，我來到臺東，當時A-Mei張惠妹正在舉行「妹力九九亞洲巡迴演唱會」，其中一場（七月十七日）回到她的故鄉臺東開唱，有宣傳車在大街小巷穿梭催票，不想注意到也不行。我之前從沒聽過A-Mei現場演唱，但一直很想聽，既然因緣具足，就去「統一文化廣場」（金玉堂）買了票。演唱會地點在「臺東縣立體育場」，我向售票員打聽怎麼去，但因為對臺東實在不熟，聽完解釋仍沒概念。最後到了現場才知道：臺東縣立體育場就在學校後門口，它也是臺東師院學生上體育課的場地！

A-Mei的歌聲是我臺東兩年生活的重要記憶。如果那兩年的生活是一場電影，她的專輯就是該片的配樂原聲帶！每次聽她的早期（豐華唱片時期）作品，都會令我想起臺東。

但話說回來，臺東的兩年生活並沒有A-Mei的歌聲那麼甜美，毫不誇張地說，我確實足足整理兩年的兒童文學資料。而這些資料，都是林老師的收藏！

那時的兒文所二樓有一間教室，掛牌「臺灣兒童文學研究室」，裡頭櫃子有一批「臺灣兒童文學論述書籍」，是研究兒童文學珍貴至極的寶山。這些書是林老師辛苦多年搜尋、購置，凡是在臺灣出版的兒童文學論述，都在這一批書裡。雖然不能排除仍有遺漏的可能，但我相信它絕對是此一領域最豐富完整的收藏。我記得那時林老師已收集近三百部，年代最早的一本是一九五三年出版，劉昌博所著的《中國兒歌的研究》，是一本薄薄的小冊子。

當時林老師結合教學，把這些書分配給學生閱讀，並撰寫一篇數百字的該書「摘要」。我是第三屆學生，前兩屆的學長姐已經寫了其中一百多部。林老師知我是出版社編輯出身，給我的第一件差事便是整理、校對這一百多篇摘要。

寫摘要並不容易，必須先消化書中內容，再用幾百字說出重點。林老師給了範式，包括至少要寫出作者來歷、出版資訊、該書討論何種文類、依內容列出幾個「關鍵詞」……等。他要求研究生依樣來寫，但自己並無時間看，所以派我把關，確認所有稿件的格式、內容無誤，並稍加潤飾，增加可讀性。

但我雖寫過、編過幾本書，之前跟兒童文學並無淵源。如今一百多篇摘要在我面前，我哪有本事校對與潤飾？唯一的辦法，就是自己先把這些書略讀一遍——而這些書，絕大部分我連聽也沒聽過。如今回想，林老師給我這個任務，等於逼我在短期之內弄懂臺灣兒童文學研究的脈絡。苦雖苦矣，但對我進入這一行的幫助太大了！初入少林寺，就派到藏經閣當差，這是絕大的福份！

這批書因為珍貴，所以鎖在書櫃裡，要外借必須經過林老師同意。但林老師信任我，給了我所辦大樓、所辦公室、臺灣兒童文學研究室及裡頭各個書櫃的鑰匙，有了這串鑰匙，我便視臺灣兒童文學研究室如自己的書房，幾乎天天泡在裡面，有時還通宵讀書、寫作，直到黎明才離去。久而久之，裡頭的書都摸得極熟，甚至從中看出臺灣兒童詩論述值得進一步開展，因而決定碩士論文的題目：《臺灣兒童詩理論與批評發展之研究（1945~2000）》。若沒有林老師豐富的藏書，我不可能寫出這本論文，說得更白一點，我決不會挑這麼大的題目來做碩士論文。

替一本書寫幾百字的摘要，是很好的學術基礎練習，把摘要寫好，一點都不容易。從學長姐所寫的摘要中，我看出他們的實力。摘要寫得好的人，我期待早日拜讀他們的畢業論文；而如果連一篇摘要都寫不好，我相信他們也不可能寫出什麼了不起的論文。

有一位學姐最誇張，擺明了欺負林老師不會看作業——從某個角度說她是對的，林老師確實沒有在第一時間看作業——她把書中的〈序〉一字不漏地照抄，就當摘要交過來。這種稿件當然不能用，且想修改亦無從改起。我不可能拿這種小事去煩林老師，就自己動手寫一篇來替補。誰占了便宜？誰吃了虧？很難算清楚。但我替那位學姐惋惜，因為她並沒有從這個作業學到任何東西。

校對這批論述書，也讓我養成「以著作論學者」的學術態度。著作是一位學者的身份證，且是唯一的憑證，沒有其他方式可以論斷一個學者的高下。在臺灣兒童文學界，哪位學者寫出哪本著作，而該本著作在臺灣兒童文學發展的脈絡中居甚麼位置，我一清二楚。我最佩服有些學者的名氣雖然不大，但其著作具有里程碑的意義，後繼的研究者無法避而不談。相反地，有些學者毫無著作，或著作毫無份量，儘管風光一時，擔任會長、所長、理事長……等職，掌握一些資源，但一旦從位置上退下來，很快就會被人遺忘。畢竟能留下來的是著作，不是頭銜。

我記得林老師本有意將這些摘要彙整出書，所以他才要我校對，但這本書至今未出，原因我就不明白了。我於二〇〇一年六月畢業，十幾年過去，這批書的數量應該已經近千了。我的碩士論文（《臺灣兒童詩理論批評史》，二〇〇三年九月，彰化縣文化局）、博士論文（《鄭清文童話現象研究——臺灣文學史的思考》，二〇〇七年八月，秀威）均在修改後正式出版，應該也已納入這批書中。如果這幾百篇摘要能夠出版，相信將是臺灣兒童文學研究的一大盛事。

附帶一提，邱各容先生曾在〈凝視砌磚者的身影：林文寶與兒童文學〉一文中說林老師「擁有超過兩千冊的臺灣兒童文學論述書籍」（《全國新書資訊月刊》，二〇〇九年八月，頁四六），我覺得不可信。臺灣兒童文學研究並不蓬勃，至今在臺灣出版的兒童文學論述書籍不可能「超過兩千冊」。

除了校對這些論述書摘要，那兩年我也逐字校對過數十篇資深兒童文學工作者訪問稿，其中十八篇後來結集成《兒童文學工作者訪問稿》一書（林文寶主編，二〇〇一年六月，萬卷樓出版）。訪問者基本上是第一、二屆的學長姐，受訪者十九位，從華霞菱到郝廣才，個個是臺灣兒童文學界重要人物。我在校對的過程中，也學到許多。

此外，我在碩一時也參與《臺灣兒童文學100》這件大工程。這件工程在我入學前已經展開，我入學後，已是回收問卷、確認名單、撰寫書介的末階段。一九九九年九月發生「九二一地震」，傷亡慘重。一天晚上我獨坐研究室，忽然電話響了，因是下班時間，按理說我可以不接，但我還是接了。電話那頭傳來悲憤欲絕的聲音：「你們有沒有同理心哪？我在地震時喪失了親人，你們知道嗎？還來信催我繳交問卷！你們是這樣冷血地在做兒童文學的啊！」我除了道歉，無餘話可說。夜晚的兒文所，宛如一場柏格曼的電影。那位大姐，您如今走出傷痛了嗎？

不論是替兒童文學論述書做摘要、訪談資深兒童文學工作者或《臺灣兒童文學100》，都是林老師一手擘劃，我恰巧躬逢其盛，得以近距離學習。若我早兩年進兒文所，便只能跟著他篳路藍縷，無法窺見初步的成果；若晚兩年，則徒然坐享其成，失去實際參與過程的機會。如今回首，乃覺自己福報匪淺，唯有感恩而已。

臺東兩年，對當時的我來說純屬偶然。猶記一九九九年春天某日我在一家豆漿店吃早餐，隨意看著餐桌上一份報紙刊登臺東師範學院兒童文學研究所招生簡章，才知道有這麼一間研究所（儘管它已經成立兩年），幾週之後我來臺東考試兼度假，能考上連我自己也感意外。但這個偶然，卻改變了我之後的人生。我畢業時應屆考取佛光人文社會學院（今佛光大學）文學研究所博士班，是該校第一屆博士生，五年後獲得博士學位，自此便在學院裡謀生，歷任講師、博士後研究員、助理教授，如今在國立高雄應用科技大學專任副教授。這些都不是來臺東之前想像得到的。

離開臺東之後，我與兒童文學的緣份並未斷絕，除了率先編選最早三年的九歌版《年度童話選》（二〇〇三至二〇〇五）外，也在九歌出版社擔任特約主編，負責「童話列車」書系，至今（二〇〇六年六月至二〇一四年六月）已編選出版十一位童話家的代表作。然而畢竟離開了臺東，缺少林老師的藏書相助，我無法再進行大規模的兒童文學研究。幸好除了兒童文學，我也研究運動文學等議題，在蒐集運動文學相關著作十幾年後，最近才覺得資料足夠，開始撰寫《臺灣棒球小說史》。深深覺得，學者必須有自己的收藏，才方便進行研究。著作等身的林老師畢生收藏兒童文學書籍，正是最佳的示範。

臺灣兒童文學研究室裡的藏書不過數千冊，但已惠我良多。林老師捐給臺東大學圖書館的藏書計約十萬冊，顯然來自他家書庫的收藏。林老師有一棟透天厝，大家稱為「書庫」，我曾去過幾次，但或許是臺灣兒童文學研究室裡已有全套的臺灣兒童文學論述書籍，所以對書庫的收藏並不特別留戀。據我所知，我的學長吳聲淼曾在那裡住過幾個禮拜，我相信那是比我更大的福份！

如今這個原屬於林老師授業學生的福份，因為林老師無私的捐獻，成為臺東大學所有師生共同的福份。身在外校的我，真心羡慕臺東大學的師生，期望學弟妹有這些資料後能更認真做研究，千萬別暴殄天物！

A-Mei的ＣＤ可以不斷重播，但人生無法重來。我已多年沒回臺東，而兒童文學研究所也已搬遷到知本校區，即使如今再回到所裡，也不是原來的樣子了。所幸者，我在臺東那兩年還算認真，打下兒童文學研究的基底，入寶山並未空回。也只有這點，讓如今中年的我覺得無愧與無悔。

寶地記敘

丁君君

還記得那天，爸媽開車帶我穿越迂迴的山路，經過數十畝的稻田，抵達了位於知本的臺東大學。一下車，熱情的陽光就灑落在身穿一襲白襯衫黑裙子、準備面試的我身上。在那裡，我看見了那塊在風中閃閃發亮著的木牌，沒錯！它就是「兒童文學研究所」。於是，幸運推甄上榜後的隔年盛夏，我收拾了心情，隻身前往臺東，準備開啟一段未知的旅程。

因緣際會透過陳晞如老師的推薦，在落定臺東的第一天，我便跟著志豪學長走進了位於臺東校區的林文寶研究室。門內叮噹響著的風鈴，高吟著歡迎的歌曲，我輕步踏入，眼前所及的竟是一個由眾多書牆築起的迷宮，似乎每拐一個彎就會遇到一位住在書裡的守護神。然而，當我走下右側的階梯後，才真正見到了一座寶庫，偌大的研究室中央拼接了好幾張長桌，桌上櫃子上有著成堆的書籍，而牆上則掛滿著各式的畫作，儼然走進一間小圖書館，我戰戰兢兢地看著這一塊藏有萬卷書的寶地，心想：太好了，這就是我將要待的地方呀！

於是乎，我進入了林文寶研究室當起了小小助理，協助老師處理一些文書雜事，並開始旁聽阿寶老師每周一日的課程，和各地來的學生們齊聚一堂，聽著課、做著報告、分享著生活。同時開始每周三次的知本臺東來回之旅，騎著我那台白色小摩托車，在知本上課、在阿寶研究室值班、在旅途中發現欣欣向榮的生命……另外，也托老師的福，走訪了臺東許多祕境美景、品嘗了臺東的美食佳餚，現在回頭想想，每一刻都如此歷歷在目啊！而我就是在這樣的環境中，漸漸地熟悉了這裡的溫度、這裡的空氣。

然後，七百多個日子一眨眼過去了，我結束了碩士的課程，阿寶老師捐出了數萬冊的藏書，而研究室也於全體遷校的此時功成身退。雖然，我看不到學長姐口中那段大夥兒窩在樓梯上談天說地的情景，但是，我看見了他們心中那股澎湃的熱情、看見了幽靜角落裡書本們的交談、還看見了藏在文學之中的悸動，也許這就是兒童文學所存在的片刻，即便時光流逝，它依然停留在那裡……

最後，感謝這塊寶地收留了我這麼一段好日子，我會記得在這裡發生的每一件事以及遇見的每一個人。我相信，在我記錄下這些片段的同時，在另一個城市裡的他和她，也同樣想念著這裡的光景。

「再會了！阿寶研究室。」

不過……故事的結束代表著另一個故事的開始。所以，讓我們繼續撰寫新的篇章吧！讓故事永遠未完待續……

我在這裡，招自己的魂，超自己的渡

顏志豪

人生，其實是一場時間與空間的競賽，我們換過一個又一個的空間，在空間中尋找自己的地盤，像貓狗一樣，於是一天又一天，在這個空間裡成為了習慣，並在這個空間裡試圖招自己的魂。

兒文所，一個在我大學三年級前從未聽過的地方，沒想到我卻在此處一待竟然將近十年，正值我二十歲到三十歲最美好的青春時光，你若問我值得嗎？我不知道，人生並沒有值不值得，老天爺要你來這裡，就算你繞了多長的路，待你筋疲力竭，你還是會掉到這裡來修行，想逃也逃不了。

現在，我連逃都不想逃了，八年之後，我的靈魂竟被這塊土地一分一毫的買下，我發現在這裡生活讓我感覺舒服自在，我逐漸的習慣這裡的一切，以及這裡的美好。不過，老天就是恨不得人好，深怕耽溺寵壞他們，若是你開始認為你擁有一切美好事物的時候，你可要小心，代表這個美麗的泡泡已經飛得極高極遠，接下來將是破裂的命定，果不其然，當我開始習慣兒文所的一切時，兒文所舊址收到命令，全部必須搬遷到知本校區，搬遷共為兩次，第一次搬遷，所上的老師都完成搬遷，這已經使得舊址三魂失了二魄，不過阿寶老師的研究室因為書籍太多，學校才留一點情面，使得兒文二字在舊校區能苟延殘喘，但還是到了最後，隨著阿寶老師凱捐書籍，這裡即將徹底的被掏空，當所有的東西逐一被取走時，也就代表著這個地方即將成為歷史過去。

舊址即將落幕，心裡難過不捨，感傷的並不是地方，感傷的是該死的時間竟毫無感情，瞬間說搬就搬，我卻是束手無策，只能眼睜睜的看著一切發生，無可奈何地面對。有時候人們還可以透過溫習熟悉的空間，試圖找回時間的腳印，倘若連空間都消逝不見，那可是天底下最殘忍的事情之一，因為這次奪走的可能只是你的一個小地方，但是接著，老天奪走的可能就是你的生命，老天總是循序漸進的剝奪你的一點一滴，他怕你太痛，承受不住，只好選擇溫和的方式，他讓你逐漸學習失去一些看似微不足道的東西，等你習慣對於失去已經麻痺，最後狠刀一劈，奪走你的生命。如今，兒文舊址即將消失，我只能透過文字試圖捕捉些曾經擁有，為自己重播留戀，我想寫寫這個我待了近十年的地方，我人生當中的第二個家。

對我而言，兒文所舊址有個天造地設的特別地理，才能造就此秘密之地，一個好的地理良穴，註定這裡特別的命運。於外而言，它位於臺東，兒文所位在臺灣東嶼，又稱後山，具有某方面的神祕性，比起其他學校，座落在海風與山嵐間的學校，顯得有些不同，充滿靈氣。於內而言，它位於校園的東南角落，偏安一處。雙重的偏遠，意外使這裡產生一種特殊孤獨的場域，若以兒童文學的說法，到了此處，宛若進入納尼亞，或者魔戒的第三世界，或者哈利波特的霍格華茲；若以成人世界的說法，它就是個另類的世外桃源。總之，這個地方並不是隨便就可以進來的，第一，你必須要領有入場券，第二，你必須知道怎麼去。符合這兩個條件，你才能真正算此處的人，被這個大家庭所接納，否則你就是異類，不是家人，所以我能想像為什麼許多學長姊，或者學弟妹拼了命的都要考進來，拿到入場券，因為這是唯一真正成為這個大家庭的唯一管道，別無他法，毫無寬容。

場域的空間，其實已經決定這個地方的個性與未來，首先這些師生，某種定義上，都被鎖在一個共同的大空間，所有的師生在這個大空間裡面生活，非此大家庭的成員不能隨意的進入遊蕩，因為如此，造就這個大家庭的成功，每個成員必須限制在這個場域共同生活，不知不覺對於此團體有了特殊的認同，他們共同織成一張密不透風的網。「網」，是這個舊址建築物的特性，每個空間彼此互連相通像張網，也像個家的樣子，對，像家的樣子，家的每個空間都是互相聯繫，不得脫離，要離開只有家門一個出口，兒文所舊址的空間就類似家的樣子，也有如哈利波特的霍格華茲學院，空間使得大家得以「聚」在一起，這裡的成員，跟東大的其他學生不同，我們有我們自已的驕傲，不知不覺在別人的眼裡，我們已然成為巫師，驕傲的巫師，有著魔法的巫師。

霍格華茲的魔法學校，竟然不可思議在兒文所得到實現，每個老師的研究室都有其特色，阿寶老師的研究室像雜貨店，什麼都有，什麼都賣，人來人往，來者不拒。杜老師的研究室咖啡館，音樂悠揚，總有咖啡，還有些喜愛喝咖啡的人，慵懶自由。楊老師的研究室像禪寺，談論對話，只渡有緣人。游老師的研究室像花園，有花有草，還有香味。郭老師的研究室是個市集，娃娃、畫，藝術，但是不賣東西，只交朋友。在這個空間裡，每位老師在這裡經營一家家自家小店，每家小店有各自的經營方式與規矩，上課的時候，必須得進每個老師的小店，遵守店的規矩。空間是個很單純的地方，它會依照主人的性情，長成他們的樣子。兒文所讓老師有充分使用空間的權力，也使得它們長出一間間不同的地方，也因為如此，造就這個小地方如此繽紛。

阿寶老師研究室，是個相當獨特的空間，它位於夾層裡面，因此有相當高的隱蔽性，再加上老師喜愛拉上全部的窗簾，使得這裡簡直就是個密封之地，它安靜，一個相當隱蔽的地方，跟我喜歡角落的個性不謀而合，在那，我有相當大的安全感，在這方寸之地，我認識許多人，看了許多書，我在這裡長成一個我都快不認識自己的我，我說的，那是宿命，老天爺要我來，我就來，我在這裡看到這個大家庭的各種景色，好的壞的，用我的眼睛看，更大方的使用我的時間換。

除了老師各自有他們的店，其他的地方都屬於公共空間，學生是沒有自己的空間的。若是執意要算，一格格疊起來的像靈骨塔位的學生置物櫃勉強可以算是他們的地方，不過塔位可是永久的，但是學生置物櫃可不是，等待你畢業後，馬上就得換人躺，所以你在所上的空間，可能只剩下是校友簿的不到幾公分的名字而已，這就是現實，無論如何，學生就是學生，就算是兒文大家庭也一樣。雖然這個大家庭有其特別之處，不過學校畢竟是學校，並不會因為較為偏遠，他就成了家，畢竟家裡面不管怎樣，都有屬於自己的房間。兒文所不是家，這是我花費好多年好多年才搞懂的，這裡比較像是廟，裏面住著一些大神小神，每個神明有各自的信徒，他們在裏面找到信仰，以為信仰是個家，但是經過多年的觀察，我發現離開家之後，根本沒有人再回家的，頂多離開後再回來走走看看，必定帶個禮品，所以我更篤定這裡是廟，不是家。記得，來的時候最好帶供品，還有點香。

地下室、所辦公室、兒讀中心外面的區塊、大教室、二〇一教室是學生的共同空間，所有的學生都在這些地方聚集舉辦各式各樣的儀式，聖誕晚會，迎新與送舊等諸活動，都使得這個地方開始有了一個又一個的美麗小燈，照亮這個地方，這些小燈燒得可都是學生的可愛與熱情，若是空間裡面沒有燈，它還是建築物，但是若點起了燈火，建築物變成了房子，變成了窩，變成了家。兒文所從建築物變成有家的錯覺，是因為有了這些美妙的燈火。

如今，燈火已一盞盞熄滅，燈火被這個大家庭的成員帶回家私藏回憶，這裡要重新回歸為建築，還建築本身該有的面貌。其實，在最後搬遷的過程當中，看著所有的物品慢慢的退還給建築物本身，之前有秩序的東西，現在則是散落混亂，接著一件件物品被粗暴的分割，到了後期物品被逐漸搬遷離開，建築物回復到原本素淨的面貌，雖然之前的繽紛燈火已經不再，但是素雅的空白，這是我在這裡八年的期間，感覺到最靜謐的時刻，沒有多餘的聲音，只有建築物該有的樣子，這可能是個回歸，總覺得兒文所總是教導我們，如何提供給孩子繽紛，就連故事本身都要加油添醋，以說演故事的方式呈現，我們都深怕孩子孤單，於是教導孩子必須給他們無限的機會與可能，刺激他們，使他們能成為各種可能。就像兒童文學本身，它是個邊緣化的文學，被成人文學排擠，於是我們要想盡辦法呈現自己的主體性，但是我們卻陷於無法從大人文字的手掌心下逃脫，我們只好用盡辦法打扮自己，努力的像小丑般的演出，證明自己，這樣反而被當成笑話，成人世界的笑話。或許，兒童文學還是得回歸於安靜，就像空空的屋子裡，孩子才有想像遊戲的空間。

對我而言，這八年是我建築兒童文學中心的重要時期，這裡可能是我的兒童文學原鄉，當這個老地方曾經以最裝扮最華麗的方式在我面前展現，如今又赤裸裸的在我面前坦承，那種生命感油然而生，透露出歲月的不能妥協，孩子總有一天會變成成人，這是命定，不可逆行，就像我仍舊無法相信歲月在我的臉上已經雕刻三十歲的面貌。雖然我知道這裡並不是家，是廟，但是歲月已經使我的神經長滿這個地方，任何的割捨破壞都讓我痛不欲生。

地方，我以最純真的方式紀念你，也紀念我自己，曲終人散，一想到你我將要分別，心中那股酸楚難過仍舊不停的汩冒，雖然極度壓制，但是還是無用，行筆至此，我的理性終究無法抵擋我的感性之癌，仍舊悄悄的轉移擴散，一想到要離開，還是無法內心的激動與傷感，不知怎麼回事，就是無法抵抗離別的癌症，癌痛讓我全身疼痛顫抖，痛不欲生。

究竟是誰，是誰，是誰在這裡放上一棵聖誕樹，使得這裡有了本來不可能的聖誕老人？是誰，是誰在這裡播放童心的歌謠，使得那麼多人為了這首歌來？是誰，是誰在這裡放上溫暖的土，使得那麼多的人不願意走。是誰，是誰在這裡找到那麼多有味道的老師，使得這裡有不同的芬芳？是誰，是誰在這裡放了夢想，讓許多人來找？不過，也是誰，是誰在這裡也放上時間，使得這裡即將也有離別。不過，也是誰，是誰在這裡關了燈，讓這裡即將閉幕。

在這最後幾天，我想跟你說聲，晚安，繽紛之後，你終於回歸謐靜，那是好事。之後，我可能不允許再去看你了，就算去了，所有的人都不在了，對我而言，那更是無比的痛，因為那已經不是完整的你了，請允許我的自私，我還是習慣你被裝飾的樣子，我還是習慣被燈火所裝飾的你，以後連我最後一盞燈火也將熄滅。貓道走了無數的回合，來來去去，去去來來，走了八年，以後，走在貓道上，也找不到你了。或許，我不是在這裡最久的人，但是一想到，以後就看不到這裡的春夏秋冬，心裡滿是惆悵。從喧嘩熱鬧的房子，一點一滴，一點一滴，最後連最後一盞燈都即將熄滅，心中自然不捨。

以後，誰再來呢？誰再來呢？以前過年的時候，我們都回去了，至少阿寶老師會來。夜裡，他們都回去了，我怕你寂寞，我會來。之後，誰再來呢？誰再來呢？就算我想來，我也來不了。我很是不捨，但是有何用，你總是不吭聲，任人宰割，你還是不吭聲，我想念你，又怎樣呢？我無法帶走你。以後，我想你可怎麼辦？你會為我開門嗎？你會為我開門嗎？

為什麼我在還沒離開你的時候，就如此的思念你。其實，好想再一次，再一次，再一次回去以前，但是回不去了，回不去了。如果，我是那月亮就好了，可以永遠在夜空上，望著你。

夜晚，誰再來為你開燈呢？誰再來呢？老師也不來了，我也不來了。你會想我嗎？你陪伴過我多少的歲月？若是可以，我願為你說故事，讓星星回來。若是可以，我願幫你立一個墓碑，讓人家會來祭拜你。若是可以，我願幫你商請老師回來，讓老師再為你上一次課。可是，你說話啊？為什麼你始終沉默？

你可知道，我們要離開你了。你知道嗎？

我知道，你還是會選擇緘默，讓一切發生，這或許是好事，是你的選擇，我尊重。很難想像，再過幾天，你將離我們而去，想要見面，好想見面時，我該怎麼辦？是否可以請你能幫我留下二樓那扇研究室的小窗？阿寶老師總是習慣把窗關著，不過，若是你看到我經過的時候，你能讓它開著嗎？

拜託你。

讓我知道，你還記得我，讓我知道，我曾經在那裡。

下雨的時候，你還會讓我回去避雨嗎？天氣熱的時候，你還會讓我回去吹冷氣嗎？想念媽媽的時候，你還會讓我回去打電話嗎？

你會嗎？

別了，別了。我的家，我必須坦承，終究我還是把你看成是我的家的。

現在，我只能超渡自己，再度流浪。

無怨的青春

江福祐

如果我能夠活到一百歲，原諒我最多只能愛這個地方、懷念這個地方八十年，因為在我二十歲來到這裡之前，我對她一無所知。

有一次博士班上課時，阿寶老師淡淡地說了一件事，就說我們現在上課的這個地方，在暑假過後學校就要收回去了，當時我只是愣了一下沒有多想，沒想到下課之後，當我要從老師研究室走回下榻的飯店，穿梭走過這個陪伴我將近二十多年、熟悉的建築物時，心中竟然難過了起來。我站在阿寶老師研究室外的那個階梯，這個階梯承載了我好多、好多的回憶，那些令人喜悅、令人難過的、青澀的回憶，彷彿他們是昨天才發生的；我再走過當年叫做ＰＵ球場的地方，回過頭看了看這棟建築物，才發覺，是啊！已經二十四年了，我的人生到目前為止一大半的時間，竟然都和這個地方、這棟建築物脫不了關係，就在這個短短的路程中，所有的這一切回憶，都在這個回頭凝望中再次重演一遍。

初次見面

民國七十九年，西元一九九〇年，九月的一個晚上，我從南迴公路的國光號下車，踏上臺東的土地，因為颱風鐵路中斷的緣故，我繞了大半個臺灣，從板橋到高雄，再從高雄到臺東，來到未來我即將就學的「省立臺東師範學院」，或許是一天的疲累，對於這個陌生的地方，產生的竟不是恐懼感，而是安全感。

從小因為成績不好、資質駑鈍，「當老師」從來都不是我的志願，那怕只是寫在作文簿裡的八股文章，也都沒把「當老師」寫進人生的志願序中。但是現在這個事實，竟然跳過夢想的階段，直接寫入了我的人生。

初來乍到，對於這個我只在國中時期來過一次的臺東，其實充滿了許多的恐懼和不曉得期待什麼的期待，但是這份恐懼感在二、三天就完全消失。

讓這份恐懼感消失的原因有三個，第一個是臺東超乾淨的山、水、空氣、環境，這對於一個來自於看不到山水、呼吸不到新鮮空氣、處在狹窄封閉環境的都市人來說，是何等的衝擊與救贖，我花了三天，讓自己相信，校門口水溝裡大肚魚在游是真的，而不是我的幻覺，還有就是走路往西走五分鐘就有山可爬，往東走十分鐘就是海邊，這是住在都市叢林中的我很難想像的。

第二個原因是，這裡有一個像家一樣的語教系系館，剛來到臺東的前幾天，學校還沒開學，大多數的學長姐和同學也都還沒到學校，只有帶我來的學長陪著提早來適應環境的我，打理生活上的一切，到處採買各種生活用品和熟悉環境，沒事的時候，就帶我到系館裡看看報紙、看看書，打發無聊的時間，系館裡還有讓大家吃東西的地方，也可以順便看看電視，開學前的這幾天，學長姐大多會到這個地方走動，新同學也會到這個地方來認識環境，也使我開始認識了好多好多人，短短二、三天，這裡竟成為我一天中必須去報到的地方。當時的系館並不是在現在阿寶老師研究室的這個位置，而是在靠近科學館的學校綜合大樓一樓的三間教室，窗戶的一側，有著濃密的菩提樹，也是早期師院生都知道的菩提道，不曉得什麼原因，現在已看不到濃密的菩提樹和菩提道了，這條菩提道可是醞釀出了許許多多對的情侶啊！

第三個原因是，遇到一個博學又沒什麼架子的系主任——阿寶老師，還記得我第一次遇到阿寶老師是在東師校園的走廊，那個時候學長帶我在學校裡頭認識環境，迎面而來一個理著平頭、穿著T恤、短褲、涼鞋（這個裝扮到現在還是一樣），手中搬著一堆書的人，學長說，那是我們的系主任，我心裡想，這個人的裝扮分明就是工友，學長也太愛開玩笑了吧，沒想到，晚上師院新生的聚會，在介紹師長時，這個「工友」竟然出現了，而且頭銜就是「語教系系主任」，這真是顛覆了我對於「大學教授」天真浪漫的想像，阿寶老師自我介紹完後，就開始拿出一大堆的書介紹給我們看（這個習慣到現在也都還是一樣），至於當時阿寶老師講了什麼話，說實話，我真的忘了，但是卻留下一個很深很深的印象，覺得這個語教系系主任真是酷，以後的日子應該很多采多姿了。

大學時代

現在的研究室，最早其實是省立臺東師院時代的「中正圖書館」，說來慚愧，印象中，大學一、二年級中我竟然只去過不到二次，但是千萬別以為是我不用功不上圖書館，之所以去圖書館的次數寥寥可數，原因就是當時語教系系圖書館的書就已經夠我看了，根本也不需要到圖書館去找書。

阿寶老師神通廣大，總是能夠弄到許多很棒的書放在系館中讓我們借閱，甚至有很多新出版的書是西部和北部的書店都還沒有上架的書籍，還有一些當年不懂得價值的絕版書。我記得，當年新鮮人的我們，剛剛考上大學，總是不知天高地厚的不可一世（當年社會組錄取率只有23%），總是覺得臺東師院比不上西部或是北部的大學，還常常戲稱這裡是「文化的沙漠」，但是阿寶老師總是淡淡的指著系館中陳列出來的新書說：「那麼那些書你們都看過了嗎？」問得當時的我們這些學生啞口無言、無地自容，只好乖乖的窩在系圖書館中看著這些「荒漠中的甘泉」。

語教系的系圖書館，在白天是由助教賴老師管理，但是在老師們下班後，就改由學生來管理，通常都會由一到二個大二的學生來擔任「總管」一職，然後由大一和大二的學生來輪值，在晚上的時間，開放系館共同學使用，也幫忙整理書籍和整理環境，這對當年規定必須住校，又覺得待在宿舍裡很無聊的我們，可是一個非常重要的去處，就我所知，當年只有語教系有這樣規模的系圖書館，其他系的系辦公室和系館晚上就都熄燈打烊了，所以有許多其他外系的同學也都會不時的來我們語教系系館活動。

猶記得當學長跟班上宣布徵求晚上輪值系館的同學時，我想都沒想就舉手報名，因為當年的我，經過二年升大學補習班的封閉與摧殘，生活中其實沒什麼樂趣可言，也沒什麼興趣可供發展，心裡想，讓自己晚上有點事情做總是好的，於是就加入了「顧系館」的行列，而這個決定對我的影響，就不是舉個手那麼簡單了。

「顧系館」對我而言最大的幫助，除了打發住校生無聊的時光之外，最重要的是有很多看閒書的時間和機會，語教系系圖書館的書，少部分是由學校圖書館提供，大部分的書籍都是阿寶老師自己的藏書，原以為因為是語教系系館，所以應該都是陳列跟「語文教育」有關的或是理論性的書籍，沒想到在幾次整理書籍的時候，發現這裡的書真的是琳瑯滿目，什麼類型的書都有，但是，可別以為我一開始就如魚得水般的悠遊其中，其實我在大學之前，除了教科書和參考書之外，是一本書也看不完的。但是，因為整個晚上待在系館裡，只好也隨意的翻起書來，某一個晚上，我竟然翻啊翻的看完了「一本書」，這對多數的人而言，或許並不是一件什麼值得高興或是喜悅的事情，但是對於一個毫無閱讀習慣、也不曾在閱讀中得到太多樂趣的我而言，是何等大的成就感，我意識到自己其實可以讀完一本書的，這份喜悅感與成就感讓我開始每天都跑到系館，那怕不是我輪值的時間，也都隨意的找一本書來翻閱，而這個來自於我個人的經驗，竟成為我後來在閱讀推動和教育上一個很重要的信念，就是讓孩子在閱讀和教育的過程中獲得成就感。

當新鮮人一年後，因為我待在系圖書館的時間實在太多了，經過學長的欽點、傳承，我當上了語教系系圖書館的「總管」一職，這個地下職位看似非常的位高權重，但是實際上就是拿鑰匙開門，整理書籍，離開時關燈、收垃圾之類的瑣事，當然還是會有些小福利的，例如很多人會送給阿寶老師一些水果、小點心之類的，這些常常就成為我們的福利品；有時協助老師整理書，老師就會隨手把一些書丟給我們，然後說：「來！這本給你。」這些都是擔任「顧系館」同學和「總管」的好處，當然，我們也常常因為事情沒做好，環境沒有整理好，或是沒有達到老師的要求而被阿寶老師「念」，但是也因此學習到阿寶老師一絲不苟的態度和做事情的方法與效率。

語教系的系圖書館在我大二升上大三的那一年，因為學校新的圖書館完工，舊的圖書館搬遷空了出來，學校決定將語教系遷往舊圖書館的一、二樓，這是一個頗大的工程，因為要搬遷的是大批大批的書籍，還記得光是手推車來來去去就推了三天，動員所有語教系學生，才把所有的書搬到未來的語教系館。

這裡的空間比起舊系館來得大，空間的使用也比較有變化，一樓是助教的辦公區域、學生的工作桌椅和雜誌新書的陳列區，還有一排是系裡跟學校爭取來的電腦供學生使用，這在電腦還不普及的那個年代，可以算是非常先進的地方，當年阿寶老師上課時出的作業，都必須要用老師所指定的「孔雀牌」六百字稿紙來寫，但是老師也要求我們要跟得上時代，好幾次要我們用電腦打字列印作業，當年的電腦和印表機沒那麼普及，更沒有那麼聰明，那個時候的文書編輯軟體叫做PE2，如果要印出文件還得背一大串的列印指令，打在PE2文件編輯區的上方，然後自己在印表機調整好紙張位置，才能夠順利的把文件印出來，有時色帶用完了，整份文件的顏色就由深到淺到模糊，印歪掉、壞掉就得重來，萬一電腦中毒，還得自己拿防毒磁片來掃毒，因此我的電腦資訊能力，就是在這個地方自己摸索學習得來的。

二樓的空間就是書庫，舊系館的書全部都搬了過來，按照新的排列方式陳列，讓找書更加方便，也因為空間變大，阿寶老師又不曉得從哪裡弄來一堆書，書變得更多了，而此時當「總管」的，就得知道所有的書放在哪裡，以方便外系的同學要來借書找資料時提供諮詢，所以那時候我練就的「特異功能」就是很快可以找到老師或是同學們要的書。這棟系館比較特別的是，它有一個地下室，地下室的一半是軍訓教室，另一半則是提供給同學使用的空間，擺放了電視機和錄放影機，而這個空間也是許多語教系同學當年瘋狂看日劇「東京愛情故事」的秘密基地，每當日劇開播，總能吸引各年級的同學，甚至於外系的同學，都來共襄盛舉，還得準備衛生紙讓日劇迷擦眼淚。除了日劇，這個地下室空間也是許多熱愛「霹靂布袋戲」同學看布袋戲的聖地，當年沒有VCD、DVD，更沒有有線電視，要看布袋戲必須到錄影帶店去租借，錄影帶出租店要用電話號碼開帳戶，所以學校的電話318855便成為所有師院生去租借錄影帶的共同代號，而定期發行的「霹靂布袋戲」，也就成為大家最期待的錄影帶節目，每到發行日，負責的學弟一借到錄影帶，經過口耳相傳，播放的時間一到，地下室總是擠滿了人，晚來的沒位子坐，還得站在後面看，真的可以用萬人空巷來形容。

這個地下室還隱藏了一個男生的秘密，不過千萬別想歪了，以為又跟錄影帶有關，那是因為臺東時常會吹焚風，每到吹焚風時，男生宿舍就會熱得跟火爐一樣，宿舍雖然有電風扇，但是吹的幾乎是熱風，根本無法入睡，身為「總管」的我，只好帶著一些熱得受不了同學，摸黑「潛入」地下室打開冷氣睡覺，直到快天亮才回宿舍，而這個鮮少人知的秘密，我也只敢在過了二十多年後的這個時候才敢講出來，現在想起來都覺得自己很大膽。

搬遷後的系館，空間大了，來使用的人也變多了，發生在這裡的故事也就多了，雖然大多數的故事與回憶都是令人感覺到美好的，但是仍舊有一些令人感覺到遺憾的故事，而系館外的那個小階梯，應該是讓我印象最深刻的地方了。

那是發生在我大三那一年，大四的學長姐們已經考完畢業考，正準備畢業分發各縣市服務各奔前程，學長姐們利用畢業典禮前的空檔，規劃前往蘭嶼旅遊，出發的前一晚，我和二位學長及另一位班上的同學，坐在系館前的這個小階梯談天說地，看著天上難得一見的月全蝕，聊到很晚很晚，直到半夜才回到宿舍。但是這段對話卻無法成為一段美好的回憶，反而讓人覺得心痛、心碎，因為其中的一位學長，隔天下午就在蘭嶼溺水身亡，消息傳回語教系館，所有語教系的師生都感到非常的震驚與難過，但是老天爺並沒有就此停止他對我們所開的玩笑，學長過世的當晚，另一位學姊從桃園搭車趕回臺東，半夜在花蓮瑞穗發生嚴重車禍，還來不急送到醫院，就魂斷異鄉，當時我們聚集在系館裡討論後續問題的處理，都還沒從學長過世的震驚中回過神來，卻又掉入更大的震驚之中，一夕之間，兩位即將畢業的學長姊，就這麼天人永隔，每當我走過階梯，就會想起那一晚的情景和當年的心痛，也會感嘆人生無常。

升上了四年級，與其他大四學生「神龍見首不見尾」不同，我仍然持續在系館進進出出，雖然早已交出「總管」一職，但是因為太資深，系館大大小小的事，助教和系主任（當時阿寶老師已轉任學校的學務長）還是會交代我處理，所以我儼然是「地下總管」，仍然管理著助教下班後的語教系系館。

語教系館二樓的另外一邊，在我五年級（沒錯，師院生少見的延畢）時成立了「兒童讀物研究中心」，第一任的中心主任是吳朝輝老師，他是我大學一到三年級的導師，也是我們班大學四年級的教育實習老師，跟我們班關係密切，當時的「兒童讀物中心」歸屬於語教系，直到兒童文學研究所成立，才改成由兒文所管理。當時主要任務是收集兩岸四地（臺灣、香港、新加坡、大陸）的小學國語文教材，並且協助語教系辦理了第一屆小學語文課程教材教法國際學術研討會以及師院生兒童文學創作徵文兩項大型活動，當年的「兒童讀物研究中心」編制非常精簡，除了中心主任任外，就沒有其他成員，而吳朝輝老師為了讓中心的運作能夠更有效率，也為了讓第五年沒公費的我生活不致斷炊，用個人名義請我擔任「兒童讀物中心」的助理，也就讓我在這棟語教系大樓的「勢力範圍」更加擴大。

延畢的一年，除了努力的修補被當掉的學分之外，也是我學習到最多東西、讀最多書的一年，這一年除了上課之外的時間，其他時間幾乎都在語教系系館和兒童讀物研究中心裡協助辦理活動和行政工作，因為當年為了生計，我假日還兼差旅行社的導遊工作，所以還在學術研討會後規劃帶領了大陸學者遊覽臺灣風光，相對於現在大量陸客湧入臺灣，帶大陸團在二十多年前是很少見的事情，因此我常跟許多後來我打工兼差的旅行社領隊同行開玩笑說，我可以算是臺灣第一批帶陸客觀光團的領隊。而這段延畢期間，也因為前四年經歷了自己班上兩位同學和學長姊的驟逝，讓我對於生命的終結和何去何從產生了許多的疑惑，所以激發了我對於生死學、宗教學和哲學產生了濃厚的興趣，也藉此看了大量的書籍，奠定了未來我唸研究所，甚至於撰寫碩士論文的基石。

研究所時代

在我臺東師範學院畢業後一年，民國85年，1996年，兒童文學研究所成立，語教系系館遷移至原本團管區的位置，遺留下來的地方就變成兒童文學研究所，我嘗試在招生的第二年參加碩士班的考試，可惜用功不夠沒有錄取，招考白天碩士班第三屆那一年，同時招考了「暑期在職進修專班」，我也終於如願以償的考取暑期班，在大學畢業將近四年後，又重回到這個熟悉的地方。

這個時候的兒文所，空間規畫非常的完整，一樓進門口左邊是兒文所助理的辦公區域，然後有一間研究生室，讓研究生寫報告、使用電腦，一樓的右邊則是上課的教室，二樓的兩邊也都是兒文所上課的教室，教室裡則都是滿滿的書。而樓層與樓層之間，則是老師們的研究室，每位老師都依照自己的專長與喜好來規劃研究室的使用，變成各具特色的空間，如果修課人數不多，老師們的研究室也都會成為上課的空間，在這些各具特色的教室上課，應該是很多研究生們共同的美好回憶。

兒童文學研究所的三個大老，研究室都各有特色，杜老師的「西洋兒童文學研究室」，總是有許多外文書、武俠小說，還有許多好看又跟兒童學、文學、社會學、教育學相關的

VCD、DVD電影可以借，書櫃上、牆壁上也有好多具有藝術氣息的陳列品與海報。楊茂秀老師的「兒童哲學研究室」則是一間兒童圖畫書的大寶庫，陳列了許多中、外的圖畫書，對於研究圖畫書的研究生而言，稱這裡為「聖地」都不為過。阿寶老師的「臺灣兒童文學研究室」和「大陸兒童文學研究室」不用說，與兒童文學相關的書最多、資料最齊全，研究生論文卡關時，阿寶老師的研究室就會成為論文急救中心，專治論文的各項疑難雜症。

兒童文學研究所時代的地下室，則是變成了一個可以表演的小舞台，也是許多具有兒童戲劇背景的研究生，發表戲劇作品或是上課演練的最佳場地。

兒童文學研究所完整的空間與規模，不僅在臺東大學中是最具特色的，也是國內大學中少見的。作為國內唯一的兒童文學研究所，我認為這是我們相當引以為傲的地方，許多大陸來台短期講學的教授，看到我們有這樣的規模與空間，也都羨慕不已。

兒童文學研究所暑期班，因為只能利用暑假開設課程，所以課程的安排就可以有很大的變化空間，甚至有很多「夢幻」的師資陣容，也因為我是暑期班的第一屆，所以幾乎所有的一切都是「空前」的，沒有學長姐、也沒有人給我們辦迎新活動，當然更沒有人可以問論文寫不出來怎麼辦。還記得第二個暑假學期，阿寶老師聘請了來自大陸的梅子涵教授和朱自強教授，來兒童文學研究所進行短期的教學，因為教授們來臺灣的時間很短暫，所以只能採取密集教學，上課的時間從早上的八點上到晚上八點，為期一週，那一週的上課真的很累、很辛苦，中午和晚上，只能簡單的外叫便當來吃，有時還得邊吃邊上課，就是希望把握這些原本只能從書上和阿寶老師口中聽到的人物，難得又短暫的上課時間，多吸收一些知識。

在第二個和第三個暑假學期時，因為已經有了學弟妹進來所裡就讀，原本只有我們第一屆使用的研究生室就熱鬧起來了，因為能夠暑假來到臺東讀書的，大多是現職的國中小教師，有許多原本就已經是舊識了，所以學長姐、學弟妹間的同質性高、共同話題也多，研究室的氣氛每天都是熱鬧滾滾、笑聲不斷，也形成了兒童文學研究所一個很特殊的景象與風景。

離開四年再回到這個地方，空間的規畫雖然有些改變，但是帶給我感性和知性的那種氣氛卻沒太大的改變，雖然身分從當年的「總管」變成了研究生，也不用再「顧系館」總理大小事務，但是坐在裡面的任何一個空間、任何一間教室、研究室，就是有回到家的那一份感覺，總是自在、輕鬆沒有任何壓力（我是說功課和論文以外的部分）。

不曉得是天性使然還是命運的安排，大學延畢一年的我，研究所也延畢了半年，當大多數同學都已經在第四個暑假完成論文口考、拿到學位、加官晉爵了，我卻一個字也沒動靜，因為那一年暑假前，我的寶貝兒子誕生，只好暫時擱下論文進度，全力迎接、照顧這個上天給我最好的禮物，在九月份開學後才開始動筆寫論文，直到十二月論文完成申請回臺東口考。碩士論文口考的教室在二樓，這個教室是我大學最後一年時，擔任兒童讀物研究中心助理時所使用的辦公室，這個曾經熟悉的空間，帶給我無比的安定感與力量，讓我順利通過我的碩士論文口考。考完的當下我並沒有立即離開，而是仔細的把每一個教室、每一個通道和角落再走過一遍，就當作是最後一次的巡禮，因為下次再有機會回到這個地方時，這個地方變成什麼樣子，而那個時候的我又是以什麼身分回到這裡。

博士班時代

兒童文學研究所大樓，雖然帶給我許多在知識上的成長，同時也帶給我許多生命上的衝擊與挫折，除了前面提到的同學和學長姐的驟逝之外，在這個空間中我也曾經面臨許多青澀歲月的感情風波，在階梯和交往的女朋友分手，在兒童讀物研究中心收到心儀對象的結婚喜帖而關在辦公室狂哭了一個下午。現在回想起來，雖然已不復當年的悸動與心痛，但是仍舊有隱隱作痛的感覺。

民國九十八年，我再次回到這個地方，身分是兒童文學研究所博士班的考生，下這個決定花了好幾年的時間，一來是工作繁忙，二來也是因為信心不足，遲遲不敢下定決心報考，直到這一年才決定試試看。

口試的部分是在所長室和楊茂秀老師的研究室進行，當時的所長一職已經由杜明城老師接任，面對著熟悉的人、熟悉的空間，其實我沒有很緊張，而且考前花了不少時間看書，也做足了準備，但是無奈報名人數不少，競爭實在太激烈，最後差0.86分名列備取第三，雖然心裡早有可能落榜的準備，但是還是感覺到不小的挫折。

很快的，我又重拾書本準備考試，再次報考九十九學年度的兒童文學研究所博士班，考前得知報名人數不像去年那麼多，僅七個人報考，心想今年應該可以如願上榜了，但是許多事情的安排比演電影還要真實、殘酷，就在筆試前五分鐘狂拉肚子，彷彿把腦袋裡的東西都放空了，下筆無神不知所云，真的就像在演電影一般，而口試也因身體不適而表現得差強人意，雖然還是同樣的空間，但是就是有說不出的違和感，彷彿我和這個地方從來沒有關聯一樣，放榜後，錄取五名，名列備取第二，等於是考了最後一名。這個衝擊比起九十八年度考試落榜的挫折衝擊還要來得大，使我不禁考慮還要再繼續考嗎？這次我沒有很快拾起書本，而是花了一段時間才調適過來。

我沒有想到，這個曾經我最熟悉的空間，帶給我最多記憶的地方，現在卻重重的打擊了我，還二次。考試的那幾年，臺東大學知本校區開始有系所進駐，兒童文學研究所也開始陸續搬遷到知本校區的人文學院大樓，阿寶老師好幾次都叫我回來看看，但是總是提不起勇氣。

一○○學年度我決心最後一次報考兒童文學研究所博士班，如果再無法考取，就只好說服自己該放棄。所以就又重拾書本叩關，希望這次有不一樣的結果。而此時，兒童文學研究所已經全部搬遷到知本校區去上課了，舊的兒童文學研究所大樓僅剩下二樓的「林文寶老師兒童文學研究室」，其餘的空間分配給了教育研究所和民間的「永齡教育基金會」，有許多的空間和教室，我已不能再隨意進出，想到者裡，我的記憶和眼睛就開始變得模糊。這個年度的口試場地已經移往知本校區，那是我第一次到我熟悉卻又陌生的兒童文學研究所，但也是我希望再次回到他懷抱的兒童文學研究所。

一〇〇學年度的博士班考試，競爭又異常的激烈，報考人數又突破二位數，原本已不再抱任何希望，但是這次卻幸運地讓我叩關成功，讓我又如願的能夠回到臺東，回到我熟悉的環境。

原本以為兒童文學研究所搬遷到知本後，所有的課程就必須到知本上課了，沒想到阿寶老師刻意的在臺東校區原本的兒童文學研究所，保留了一間研究室作為他老人家的工作室，而阿寶老師所開設的課程，也順理成章的就在這個研究室上課，許多在這裡模糊掉的記憶，又逐漸清晰了起來。為了完成博士班的課業，我跟服務的小學申請了帶職帶薪一天的公假進修，所以到臺東上課的時間很有限，但是對於厭倦臺北緊張壓迫生活的我，這一天可以說是每個星期最期待的一天，為了上這一天的課程，我必須從臺北風塵僕僕地趕著最後一班前往臺東的飛機，下機後還得飛車到臺東校區上課，白天上了一天的班，再加上千里迢迢的趕路，其實已經疲累不堪，但是當我進到舊的系館兒文所大樓、進到阿寶老師研究室，所有的疲累好像都消失了一樣，我想應該是我的身體記得這個地方、這個氛圍所產生的安全感。

博一升上博二的那一年暑假，我安排了自己在臺東長住一個月，每天早上在老師的助理還沒進研究室之前，我就會先到研究室開門看書，然後整天待在研究室直到天黑。偶爾幫老師整理書、有時阿寶老師出差，就幫忙接待來訪的大陸友人。雖然整棟建築物只剩下二樓的一邊是研究室的範圍，不再像之前可以整棟大樓到處走動使用，但是能夠安安靜靜地在這裡坐上一天，看看書或是發發呆，對於在都市累積太多負面能量的我，這是何等的療癒。那一個暑假是我覺得有「真正」放暑假感覺的暑假。修習博士班學分三年，每個學期都會選修或旁聽阿寶老師的課，除了想多跟著老師學習之外，就是因為這是唯一還能與這個我熟悉的空間再度相逢的機會。

回首凝望

二十四年的時間，足夠讓一個人從出生、成長、成年。從我二十歲算起，二十四年，讓我從無知、靦腆、不學無術，成長現在的一點點小成就，臺東這塊土地、臺東師院語教系、兒童文學研究所功不可沒，雖然我並不是什麼名號響噹噹的人物，也頂多只能在阿寶老師身邊當學生沾沾老師的光，從小在課業的學習上屢遭挫折，也鮮少在學習過程中得到成就感，在聯考制度下，我也一直都不是人生勝利組，高中念的是私立學校，大學數學考零分，聯考三次才考上大學，經歷一連串的挫折與失敗，最後卻在臺東這塊土地得到機會成長與吸收滿滿的能量，而且在這裡得到逆轉勝。

幾次穿梭在校園，走在曾經熟悉但已改變的菩提道，坐在當年發起第一場東師學運的球場升旗台，看著當年半夜逾時返校翻過的圍牆，還有研究室外的那一排樹，當年還不到二樓的高度，如今卻已高到三樓，我每每都在觀察這個校園改變了什麼？又改變了我什麼？

當年臺東師院校園很小，我們常常開玩笑的說，站在校園中，學校東南西北四個角落用眼睛就可以看得到，又說如果從前門騎腳踏車進校門，忘了煞車的話，就會直接衝到後門去，這當然是當年大學生眼界未開的視野。後來逐漸的愛上這塊土地、這個學校，我們改口說我們的校園，北到花東縱谷，南到南迴公路，東到中央山脈，西到太平洋。如今校園幾乎已經完全搬遷，未來的臺東校區還有舊系館、兒童文學研究所大樓究竟會有什麼規劃、變成什麼樣貌？其實已無法、也不敢想像與奢望。

今年剛好是我們臺東師院八十三級畢業二十年，很多班級都選在這個時候回到臺東看一看，回憶我們的青春歲月，也告別這一個養成、培育我們的校園。阿寶老師的研究室也即將在臺東校區畫下句點，雖然我知道以阿寶老師的個性，他並不是輕言退休休息的人，也知道他會另外找地方重啟研究室的爐灶，但是對這個空間的懷念與感謝，卻怎麼也不會停止。

後記

二〇一四年五月六日，我們為兒文所在臺東校區的最後一席之地——林文寶老師兒童文學研究室，做了一場小小的告別儀式，這個地方，在我剛進大學時，是學校的圖書館，後來成為語文教育學系的系館，我當了幾年的系館總管職，對這個地方再熟悉不過，每一間教室、每一個角落、每一個開關、窗戶外的每一棵樹、甚至當年每一本書，我都瞭若指掌，從大學到研究所，從研究所到博士班，這個地方幾乎在我求學生涯佔了大部分的時間，它就要關門了，以後我青春的回憶，就只能在校園中憑弔，無法有坐下來沉浸的一席之地……買罐啤酒，敬你一杯，謝謝你陪伴我無怨無悔的青春歲月……就用這首歌來下酒……

無怨的青春

作詞：葉佳修　作曲：葉佳修

演唱：周秉鈞／楊海薇

應該用什麼來包裹起我們共渡的歲月

是滾燙的淚，還是痛快的乾杯
落淚會憔悴，乾杯容易醉
最好把它留在日記簿裡，慢慢地回味
總有一天，你會發覺
回憶只選擇最美的一頁
那些未開的蓓蕾
只是青春的另一個註解
（我深愛過）
無怨，無悔

我與兒文所

盧彥芬

楔子

因為彭桂香學姐的論文「說故事人與說故事活動研究－以東師實小故事媽媽團長為例」讓我成了研究對象，從此牽引了我與兒童文學研究所的因緣！也因此讓我的生命更加豐富多采！

老天自有安排！

桂香學姊論文完成後，也勾起了我對兒童文學研究所的好奇，於是報名參加了進修推廣夜間班的考試，結果是備取第一名，那時還沾沾自喜，備一應該很有機會進吧！沒想到，老天自有安排，那一年全數報到，雖然失望，但並未減損鬥志：「沒關係，在地人，明年捲土重來吧！」又沒想到，年底時楊茂秀老師跟我說：「彥芬，你有機會了！明年我們開始有5個推甄名額，不須筆試。」從小最怕的就是筆試，對我來說真是天大的喜訊！但是，日間班壓力會不會比較大，而且三個小孩怎麼辦？另一個疑惑又起來了。楊老師又說：「你怎麼這麼笨，讀夜間班，小孩放學在家沒人照顧，讀日間班，孩子上學，你也上學，而且，有三個小孩就是你的優勢，兒童文學接觸的都是童書，孩子跟你一起閱讀，不是更好！」經老師這麼提醒，對啊！那就該好好準備，把握機會。就這樣我成了兒文所日間班第五屆的一員，我又開始重新當學生了。

兒文所的課程真是相當有趣，除了一些必修課程外，還有圖畫書、說故事、兒童哲學、兒童讀物的出版與流通、日本兒童文學、少年小說……，還有好多特別的課程如：黃春明老師的兒童戲劇、張世宗教授的創造力課程、趙鏡中老師的兒童文學運用在課程上、陳儒修老師的兒童電影等等。身為三個孩子的媽，讀兒文所真是幸福呀！因為，閱讀文本的過程中，孩子陪著我讀，也跟我分享他們看的心得，讓我也更能從孩子的觀點來看文本內容，而孩子們也因此紮下了閱讀的基礎。

當了故事媽媽之後，深覺一般家庭主婦仍需不斷再學習的重要，而進入了兒文所以後也更深覺兒童閱讀推廣的重要，於是與一些故事媽媽們積極的推動成立「臺東縣故事協會」。在籌備的過程中得到當時林文寶所長的認同與肯定，林所長指出：「透過故事媽媽的溫馨故事來推動兒童閱讀是最有效的方式，也同時讓兒童文學深入每個人的家庭，是相當重要的。另外，更希望打破象牙塔的藩籬，隨時敞開大門，與社區結合，讓願意學習的人可以隨時進來。」因此，兒文所全力支持，提供場地及所須之硬體設備，結合故事媽媽的熱情奉獻共同為推動兒童閱讀而努力。於是所上騰出空間讓「臺東縣故事協會」有了家。同時在林所長的指導和帶領之下向文建會申請了「書香下鄉文化根植社區～打造書香巡迴圖書車」計畫的經費，開啟了臺東縣故事媽媽經過培訓課程後服務偏鄉小學的閱讀陪伴行動，至今已經有十四年了，故事協會每年服務臺東縣國中小學多達六十幾所，且在二〇一〇年還接受臺東縣政府委託管理臺東縣兒童故事館。

兒童文化藝術基金會的成立

三年的兒童文學知識潤澤，讓我有了更好的裝備在閱讀推廣的路途上，但我也明白這扇窗才微啟，未來還有更多的故事等著我去追尋、去探索。雖然畢業了，但因為興趣、因為喜歡這裡的環境，我選擇留下來擔任所辦助理的工作。

為了推廣兒童文學及拓展兒文所的服務，同時也能讓研究生有更多的實作學習及順暢推動所上的專案計畫，二〇〇二年由林文寶教授發起獲致所上全體教授、師生的支持，設立「財團法人兒童文化藝術基金會」。並由我兼任了執行長一職。目前則由林文寶教授擔任董事長。

基金會以推廣兒童文學、文化、藝術等相關之研究、推廣與出版、促進兒童身心健全發展為宗旨。除了所上歷年研討會之辦理、臺東大學兒童文學獎之協力外，更在二〇〇五年支持所上出版了全國唯一的專業繪本雜誌《繪本棒棒堂》。該雜誌從每期內容的規劃、繪本的討論、書介、書評的撰寫、編輯、出版、流通，全體師生共同參與分工，儼然一個小型童書出版社，藉此營造研究生實習場域。在楊茂秀老師的帶領下，大家辛勤耕耘在二〇一一年獲得優良雜誌之肯定，但終究因經費的龐大壓力下於二十集出版後畫下休止符。基金會也持續辦理兒童文學營等相關閱讀活動及研習課程，希望提供兒文所研究生實際運用兒童讀物文本帶領兒童，從而更了解兒童的閱讀需求與反應。近幾年也積極的策劃出版兒童家鄉故事繪本，冀望帶領校園兒童透過繪本創作，從探索家鄉起步，創作家鄉故事的文本及繪圖，再由基金會協助文、美編及印刷，正式出版流通，最後再辦理新書發表會和原畫展出，邀請小作家們現場簽書，將兒童文學創作回歸兒童，營造兒童自信舞台，三年來也已出版了近二十冊。

兒文所辦的媽媽桑

兒文所是個大家庭，學弟妹來自全國四面八方，一年難得回家一趟，因此每逢端午節、中秋節及冬至，身為所辦助理的我當然得照顧這些孩子們，端午節收集各地粽子再煮個湯，兒文家族群聚所辦自習室共享南北粽子；中秋節則在所辦前烤肉；冬至就在所辦搓湯圓，煮雞湯進補……，也因此我被封為「兒文所辦的媽媽桑」囉！不過，這前提重要的還是經費來源了，這一定得說明，主要的來源當然就是兩位大老林文寶老師和楊茂秀老師的贊助啊！

特別一提的是，我們的「兒文寶寶」，媽媽是日間班學妹，爸爸是暑期班學弟，開始來讀兒文所時懷孕，寶寶生下後，媽媽上課，爸爸帶小孩，爸爸上課，媽媽帶小孩，一家人經常會在所辦，看著小孩在所辦的地板上學爬、學站、學走路。哇，那時所辦的地板都好乾淨，因為寶寶一直爬來爬去擦得乾乾淨淨！因為兒文寶寶讓兒文所充滿幸福的童音，有時望著我們的兒文LOGO，我總覺得寶寶就是那位兒文天使變成的。

再回想九〇年代的兒文所暑期班最是熱鬧呀！四個年級，每班都是三十幾位學生，整個所上熱鬧非凡。暑期班的課程是最辛苦的，經常都是一天上四至八堂課有時甚至晚上還繼續上課。這時「兒文所辦的媽媽桑」就會在所辦前提供餅乾、咖啡、茶、水果……，讓學弟妹們提提神。整整兩個月的進修課程，學弟妹們都住在宿舍或是附近租屋，因此除了上課外，很多的時間也都會待在所辦自習室，記得有一次颱風天宣布停課，為了給學弟妹們打打氣，於是所辦媽媽桑載著一位學妹冒著風雨到超商去採買火鍋料，儘管外頭風大雨大，兒文所辦自習室內卻是暖和和的，大家開心地吃著火鍋。

兒文所的盛宴

暑假開始還有一場重頭戲~兒童文學研討會，更是兒童文學界的金鐘獎盛況，可真是眾星雲集，有來自臺灣兒童文學教界的大老，名作家林良老師、馬景賢老師、黃春明老師、曹俊彥老師……；專程搭機來台的大陸作家曹文軒老師、梅子涵老師、馬力老師……；馬來西亞愛薇老師、香港、日本……的兒童文學學者、名作家齊聚一堂，每一位兒文所的學生都可以近距離接觸到心目中的偶像作家，面對面的請益。而大陸的名作家也都會留下來幫暑期班研究生授課和參與研究生們的口考；有一回基金會還安排曹文軒老師多加一場工作坊，結束後支付鐘點費給曹老師：「這還有鐘點費啊！走吧，大家辛苦了，一起去大吃一頓！」於是，一夥人就到大車輪日本料理店大快朵頤一番。

在日間班、夜間班和暑期班所有研究生的共同努力下，成就了一場場精采絕倫的兒童文學研討會，甚至在二〇〇八年還同時承辦了海峽兩岸兒童文學研討會及第九屆亞洲兒童文學研討會。承辦研討會是相當不容易的，各個環節都有許多繁瑣的小細節，這裡還必須特別強調一位靈魂人物，兒童讀物中心的嚴淑女學姐，她運籌帷幄帶領著研究生們分頭進行。

好山好水好溫情

暑期班的課程相當密集，壓力也不小，大部分都是來自各地的教師，整個暑假幾乎都待在臺東，同學們偶爾會出現念家或是厭倦疲累感，那時林文寶老師總是會跟同學們說：「不要一直待再所辦，書讀不完的，來到臺東就是要出去玩，好山好水別辜負。」現在我終於能體會林文寶老師的用意。多看、多觀察才能創作出好故事，放鬆心情才能整理出好的論述。

為了慰勞同學們念書的辛勞，林文寶老師有時也帶同學去大快朵頤一番，我自然生態農園、大巴六九、杉原海水浴場……，都曾留下兒文所同學的足跡，尤其是大巴六九開著羊腸小徑到山上，臺東市夜景一覽無遺相當的美，也提醒著同學要擴大自己的視野，才能看得更遠。

有一年課程要結束了，一位一年級的學妹在所辦跟我聊天，她有了放棄的念頭。隔天，在他們上完最後一節課後，我帶著自己用包裝紙折的小袋子，裝進了石頭，還準備了一罐營養口糧，我跟學弟妹們說：「學期要結束了，學姊送你們一人一顆石頭，集滿三顆就是你要離開兒文所的日子了！我知道你們一個個翻山越嶺來到臺東求學，路途遙遠，肚子餓的時候口糧可以填一下肚子。」

隔年，學妹果然再度開心的出現在我的面前！第二年學弟妹們也在課程結束後收到我的第二顆石頭。不過讓我深覺遺憾的是，我並沒有機會送學弟妹們第三顆石頭，在某些因素下，我離開兒文所辦這個大家庭了！連同兒童文化藝術基金會和故事協會也都離開了兒文所！

祝福

故事總會有結局，曲終人終須散場，天下也無不散的宴席，但是兒文所這裡有太多太多每一位身為兒文人的故事，帶著這些故事再去創作出更多自己的故事。年復一年，新人報到、學長姐畢業，不斷的輪替著，祝福這全臺灣唯一的兒童文學研究所永續流傳，培育一代一代優秀的兒文人。

感恩的串聯

麥莉

第一屆暑期專修班

感恩：當初，系所辦公室的一位職員，因為我本是來不及報名的，只因有她的幫忙，讓我有了進入台東兒文所當學生的機會。

感恩：我們是第一屆暑期專修班學生，因為是第一屆，所以，第一年能完整的佔有系所裡每個角落，及每位老師全部的愛。

感恩：阿寶老師是我們的導師，如慈父般迎領我們進入另一個文學的殿堂！

感恩：同窗的相互扶持，無數個晨昏的相互打氣，讓一些想要半途打退堂鼓的同學，又再拾起戰鬥的意志，完成了自己的課業及論文。

感恩：我的老公及四個當時才是高中、國中、及國小的孩子。他們還算乖，在四個暑假中，都平安、都做好自己的本分；感恩老公能給我充分的自主，才有機會能實現自己的夢想。

感恩啊！感恩啊！一連串的幸運和感恩，組成了我的台東兒文所的驚艷，和一段終身難忘的回憶！

搶電腦的日子

科技真是突飛猛進，當初我們剛進兒文所時，有個人電腦及印表機的真是寥寥可數。每一科的作業又幾乎都要用打字或列印，於是，系所內僅有的幾台電腦及印表機，雖然，也時常當機，時常考驗我們心臟的強度，但是也是我們的最愛。每晚，大家都挑燈夜戰，總是等系所要關門，或是住宿的同學必須要回寢室，才依依不捨地離開。舊系所的地下室是鋪地板的，於是，有同學索性以此所為家，天天就住在裡面了。

我們第一年就如此缺電腦，第二年，有新的學弟妹進來，「搶電腦」「搶印表機」的狀況自然更甚，還好個人電腦日漸普及才解決了大半的問題。

拋夫棄子的日子

前面說過，我有四個孩子，除了老大是女生外其他三個都是男生。那時，分別在高中、國中及國小就讀。第一個暑假，我每個禮拜都回去，為省時間及金錢，都是坐夜車來回。每次回去，就是幫忙倒一個禮拜的便當垃圾及洗衣服。但只要看到他們都安好，那怕是垃圾滿屋，他們是天天玩電動，我都心懷感激！

第二個暑假就開始兩個禮拜再回去一次了，雖說是「拋夫棄子」，但在台東讀書，卻給自己一個很好的藉口，有四個暑假，不用每天燒飯洗衣；也給了自己一個很大的自我空間，遠離開家，眼不見為淨，可以多做些自己喜歡的事。當時，是沒有開台北專班，想想：若再有選擇的機會，我可能還是會選擇去台東的！如此才能有機會親近台東，一塊台灣最美麗的淨土；有機會過不一樣的「單身」生活；更有機會能完全沐浴在兒童文學的氛圍裡！

一起旅遊的日子

假日，我們同學有時會一起去泡泡溫泉；或一起聚聚餐，吃吃台東美食。寒暑假，我們會在阿寶老師的帶領下，一塊去旅遊！除了第一次東北之行，因為家裡有事沒去外，其他像宜蘭的童玩節、蘭嶼之旅都印象十分深刻。去宜蘭童玩節時，順道有參訪李潼先生。李潼先生帶大夥，看他在羅東公園的故居。我們雖是第一次與一位知名的作家如此親近，很快就感染到李潼先生的熱情及好客！

蘭嶼之旅更是終身難忘，我們一起泡在朝日溫泉裡，看星座、數星星，一起等著日出；

一起留下無數美麗的回憶！記得，同學羽秀說：看到流星，要直接要說「錢」，以免流星沒聽清楚你的許願，浪費了一次願望實現的機會！另外在宜蘭童玩節的親水公園裡，我們都忘了年齡，彷彿回到童年，盡情地笑鬧，盡情的奔放！到現在我一直覺得：那天是我笑的最多、最快樂的一天！

阿寶老師營造的大家庭

記得，阿寶老師曾帶我們吃過台東最好吃的包子和牛肉麵，當然他家和當時他收藏無數經典著作的大樓，更是讓我們去過無數次的地方。從每位學生的論文到每位學生的日常生活，他都面面俱到。他是我們的嚴師，但照顧我們時卻如同慈父！在老師的帶領下，除了同學都互相照顧外，還有直屬學弟妹制，我們進來時在班上若是16號，就要負責照顧下一屆是16號的學弟妹。在迎新活動上，就有認「親」活動，營造出一個十分溫馨的場面。

兒文所就像一個大家庭，大家總是互相打氣、相互照應，誰遇到甚麼困難，諸如有人覺得快要念不下去了，老師和同學就趕緊「滅火」，最後全班都能順利的畢業。我們能是第一屆入學的學生事件何其幸運的事啊！因為，至少有一年時間，能擁有阿寶老師全心的愛和照顧！

時光如梭，一晃，這些記憶已陪我度過十幾個年頭了！但，怎麼也難忘懷那段台東讀兒文所的日子：忘懷那時的生活點滴；忘懷那時生活中的酸甜苦辣。如今，思想起，依然樣樣都是如此的有滋味，如此的歷歷在目，如此的鮮活。

我想生命最終，最難追求的應該是如何能碰到「相知相惜」的伴侶！誰能幸運如我，能在兒文所裡碰到如此多的「好」的夥伴；能有機會收藏如此多「珍貴」「美麗」的回憶！

一串串感恩的串聯，串連起如此豐美的回憶，感恩啦！

釀文學172　PG1229

想望的地方

編　　著	林文寶
責任編輯	林千惠
圖文排版	周妤靜
封面設計	蔡瑋筠
出版策劃	釀出版
製作發行	秀威資訊科技股份有限公司 114 臺北市內湖區瑞光路76巷65號1樓 電話：+886-2-2796-3638　傳真：+886-2-2796-1377 服務信箱：service@showwe.com.tw http://www.showwe.com.tw
郵政劃撥	19563868　戶名：秀威資訊科技股份有限公司
展售門市	國家書店【松江門市】 104 臺北市中山區松江路209號1樓 電話：+886-2-2518-0207　傳真：+886-2-2518-0778
網路訂購	秀威網路書店：http://www.bodbooks.com.tw 國家網路書店：http://www.govbooks.com.tw
法律顧問	毛國樑　律師
總 經 銷	聯合發行股份有限公司 231新北市新店區寶橋路235巷6弄6號4F 電話：+886-2-2917-8022　傳真：+886-2-2915-6275
出版日期	2015年2月　BOD一版 2016年4月　BOD二版
定　　價	320元

Printed in Taiwan

國家圖書館出版品預行編目

想望的地方 / 林文寶等著. -- 一版. -- 臺北市 : 釀出版,
2015.02
面 ;　公分
BOD版
ISBN 978-986-5696-47-4 (平裝)

855　　103019510

讀者回函卡

感謝您購買本書，為提升服務品質，請填妥以下資料，將讀者回函卡直接寄回或傳真本公司，收到您的寶貴意見後，我們會收藏記錄及檢討，謝謝！

如您需要了解本公司最新出版書目、購書優惠或企劃活動，歡迎您上網查詢或下載相關資料：http:// www.showwe.com.tw

您購買的書名：________________________________

出生日期：________年________月________日

學歷：□高中（含）以下　□大專　□研究所（含）以上

職業：□製造業　□金融業　□資訊業　□軍警　□傳播業　□自由業

□服務業　□公務員　□教職　□學生　□家管　□其它_____

購書地點：□網路書店　□實體書店　□書展　□郵購　□贈閱　□其他

您從何得知本書的消息？

□網路書店　□實體書店　□網路搜尋　□電子報　□書訊　□雜誌

□傳播媒體　□親友推薦　□網站推薦　□部落格　□其他__________

您對本書的評價：（請填代號　1.非常滿意　2.滿意　3.尚可　4.再改進）

封面設計____　版面編排____　內容____　文／譯筆____　價格____

讀完書後您覺得：

□很有收穫　□有收穫　□收穫不多　□沒收穫

對我們的建議：________________________________

____

____

____

請貼
郵票

11466
台北市內湖區瑞光路 76 巷 65 號 1 樓
秀威資訊科技股份有限公司 收
BOD 數位出版事業部

（請沿線對折寄回，謝謝！）

姓　名：________________ 年齡：________ 性別：□女 □男

郵遞區號：□□□□□

地　址：________________________________

聯絡電話：(日) ________________ (夜) ________________

E-mail：________________________________